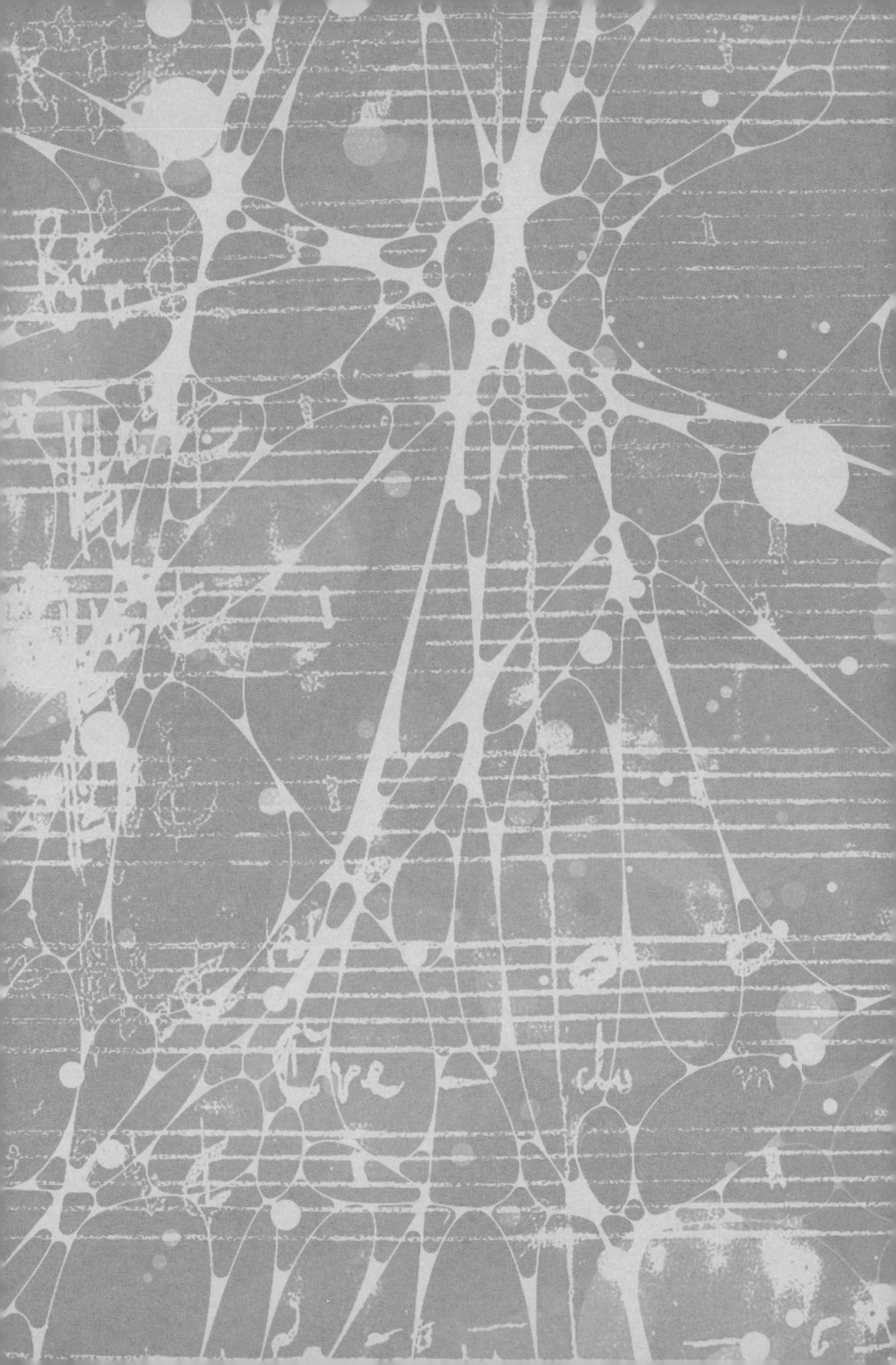

h-moll

平川綾真智

思潮社

h-moll

Kyrie

正解だ　10
あたしっていう現象　14
3 edipus　20
「・ターミナルd」　36

Gloria

「遠足の日」　42
「ゴキゲン中飛車の授乳」　46
090611 白川　50
「・　双歯のツヴォルフ」　62
葦北みっさ　66

Credo

「・ブールバール」　74
キリコさん　78

攪拌、　82
”8白川090611　88
「11番地」　100
おぱんぽん　104

Sanctus

残響　114
あたしの重力　120

Benedictus

エコロケーションへと　126

Agnus Dei

しんじつ君日和　134

装幀　中島浩

Kyrie

正解だ

！
つまり　っ男子の性器は正解なんだ　。
プランターで映えてる蔦葉が
まばらな重なりに産毛を被し、通り抜く陽へ　っ立ち伸び続けて
撫でつけられる肌は心地いい
。小膝で蹴割ったチューペットアイスを
しこりたつ芯に　、　握りしめると
両の掌が反る熱さを張り　、
上下左右、ぱんぱんに背負った私の　っ拡がりを自覚させる

疑うことは　知らなかった　。
ポリエチレンフィルムの口から
しごき始めたのは　っ未だ
、乳歯が残る時のことだ　、
歯茎から離れた上の固塊は　。　じいちゃんの家の縁下に投げて
ばあちゃんと一緒に鬼瓦へ　と　、下の固塊は投げ上げる
たおやかに。　私に欠けていくっ筋、が　、凝らした濃度を　、剝いていったら
、はじらう摩擦がすぐにも軋んだ

握って　。　包摂するものは必ず完熟していくのだよ
。とても明瞭で簡潔なそれが
真理だ　、いかなる時でも歴史だ　。
いつでも未来の絶対的な揺るぐことの　っ　ない展望となり

ほんの一条の偏頗、　でさえも決して許容されは　っ　しなぃ。
っ　醜悪な形態に。反り　、　かえり体温のある　。削がれる手垢が
一掬の水を貪ぼぼぼった。
ほら　、　あったかぃんだよ代えがたく
。澄むすむ否定しかなぃ皮膚の内側、脱がされた肉色の縁で絶えず、　に、
擦り　！擦られ　膨ら、ん　で　っ！ぃく　のだ　、っ
人生とぃう名のポコチンが

とけ溶け切るきるチューペットの芯蜜は火照った手相の線へっと漏れ出て
伝うくぼみに流れるしかなぃ　。
両。五指いっぽん一本の隙間を滑り、　葉影の蔓へ吸ぃっ　落ち　っ　1
繊維の凝集に飲み込まれてぃく　。
凝集の線維に飲み、　込まれてぃく　。
すぐに、もっ　射てなくなるんだろう　萎えてっからっが　、　長ぃんだろう　2

。鼓膜が堅めて拭えはしない　っ　おじい、と　おばあ、の奇声の中で　1
視　った脂水のない縮む皮膚。
どうせ。　生殖のおまけの私だ　、　プランターに囲われ　った　1
。土あたりにでも還りましょうかっ　、ね　3
のこされ残されたフィルム、は小皺　に眠る　1
。永久歯　っは唾　っの、発露をたぐっている　1
縮れた蔦根が陽を　。巻き蒔き股のぐらへと這った　。張った　1
。とりあえず、性器だけは　っ　。間違いじゃない　7
かじかんだ掌で　3
浮かべ、た一本の温もる感触を　1
握り絞め　て　。　もう少し　だけ　。　このままがいい

あたしっていう現象

「天井の下」

夕凍む街路は唾液を含んで、　あたしを窓ごしに舐めてくる。
にのうでを張り吸いくぼむ湿度が　、　かさぶた、
だけを避けていく　。　糸埃のわずかな
みだれが朱橙に浸って、　すぐ削がれるから、
肌へ　と　、　あたしは動物的な
粘る感覚を縫いつけたんだ　。

3

視線のほつれが室外機の上、撒き散ったままの煤へと触れる
呼吸　、に合わせ先端を丸めた、
メンソールの痕がこわばっている　。
網戸に撫でられるアジアンタムは水気、を　蹴る茎を割っている
葉先が折り畳む影を　、
伸ばしてフローリングの余白はなくなる　。
今日　から掌　、握りしめるのは携帯の質感だけになる
。あたしはかさぶたを　。　ひとつ、剥ぐ　。
壁紙のめくれに溜まった時間、　が残忍な些細を照らし上げるんだ
ダストボックス、に　押し沈められたティッシュは　、
くるみ　からゴムを漏らして、
固まる湿り、を　、ほら拡げてくる。
頬を押しつけていた体温は埃を弾いたバッグと　、なくなり
微か、　に揺らし　た残る量感へ
、あたしは　、剥ぎ続けていく他には、ない　。

蛍光灯の　、うずまる角は区切られる溝に　舌、を立て座った　。
残される余韻が隅で重なり満ち足りていた一つひとつ、が
。背中へ、むくんで体臭を開く　。　あたしは喉元から、いつもはみ出す
ニコチンに研がれる前歯を剝いた　。

煤に食まれた冷却が濁る　。
身焼けで、　喰い抜かれていく腫れ葉が柔和に葉脈の筋だけを残し
唾液に濃淡の隙間　、を挟む
影を掻いた萎縮が天井の下を重ね合わせ　、皮下に
、恥知らずな親指が叩く
送信履歴を　、　刺していく

3

「あたしっていう現象が、そして」

乾き、が洩れて、にのうでを食んだ　。剝ぎ取る下
から潰されていく湿潤に裸肉が朱　へと、
橙へ　と染み出しきった輪郭を　。得ている
。ありふれている時間、は
壊れないことが　、ただただ奇跡だ　。
ふくらみを持った血溜まりの奥、かさぶたの点りが
、あたしを塗り編む　。あたしは爪立て
刺し入れて　、指先で至極ていねいに　。消す
ほつれる糸の先端が、すぐ酸え出た蕋へ光点を射る　。
小茎、　の割れ目を通り抜ける網戸のマスに芽吹く光彩が
、撒かれた間隔を拡くする　。
さび喰い塗装が醸す金気にフィルターは細かな沫を、まぶす

、滴らせ呼吸の合間を噛み巻きつき　、壁紙から
ほてった腐臭の流れ、を　。あますことなく肌の粘りに連ねてくる
。しもん指紋が汗腺の根深さに触れた　。
爪、と肉とのあいだで　、あたしは希る癒合を　。たしかめる。
透け満ちていく、　ジェルローションの柔塊たち
が絡まった感触を体液へ　練る　。
くるむ「ティッシュは摩り破ら　れて繁殖しきるタールの密度が、
。裸肉の皮膚を鋳凝固させるんだ　。
街路　、が投げ消した布地の臭気に　、蛍光
を、つまらせる舌根が角まで肉体的な翅を組み立てて　。いく
。剥がし落とす、　かさぶた、は　、
縫い目、に、付着し　、背中を覆い、あたしっていう現象が、
そして指先を編み、込み粒立ってくる　。
歯茎の反りが、　落ちる角質が、　均された乳房が濡れた空洞、が
。あたしへと明確に揮発するんだ　。

おろしきった触覚ディスプレイを確かに、埋める
、うごめく臓物と肌の合間で意識、が
はみだし過ぎて　。　いつも、足りない　、
。

あたしが安らかでありますように　。
葉脈、が爬浮腫を強固に　吐く
。筋へと　、　こびりついたままの産毛は唾液に溶け落ち捩る萎縮を
執拗な　。咀嚼で丸く　、　する
。皺に埋め込まれている皮下が刺された空虚、を引き出していく、
と葉裏に一片　、だけ留まっていた　、
体温、は臭気に左親指を握り蒸れた翳り　、を捻り取る。
かみ合いをずらす天井、　を仄かな重なりが　静止、へ導く。埋まる
、履歴が　澄む煤を辿り
透く影　に少し　、　遠くなる、

3

3 edipus

「はしゃがれる」

ささやいていくただしい表情に目を　、ほそめていく
木の芽どきの冷たさをまだ明瞭に含み濁った空は
っうすく削がれる陽射しを溢し、　て
窪んだ雲へと、溜め込まれていく　。
ふやけるアスファルトの上、私、は
、曲げた右手を息子に握られ跳ねられ引かれ乳歯を剝かれて

はしゃぎの笑いを投げつけられる　。
っ影、は短く、少し傾き立った信号機、が青ランプ音を軋み流すと
頬肉は自分の顔から消え去る　、切られた笑顔の先を理解した

、　歩道柵が纏い続ける、クリームペンキはささくれ、剝げ立つ
、盛り覆った新緑、が一枚いち枚垂れ込め、て背筋の脇へと擦り鳴る
跳ねるはしゃぎの迦声は増し　っまし、
右手の先で力んだ握りが横這う影をすべて踏む

あまりに　。　無垢に笑ってくるから
私は、　こいつの声をむしった　。
一片残さず肉喇の笑顔は喰いちぎられたんだ全て、こいつに　、
っ喉の奥先、　突っ込んでいって声帯をヒダに粘らせ取ったら
深桃を潰した液が吹き上がり信号ランプは塗り染まり　、　赤い　。
、赤信号は　、　渡るといけない。　けれども渡れ　と　、　音が軋み来る

立ち止まらせた傾きの影　に、はしゃぎは、強く、飛び跳ねる　。
。そして投げつけ無言で踏むのだ
っ染んだなか　へ、
と笑み入る無垢
を消し去る不安がこの世、にない

4

っアスファルトは背脇へ固まる　。
ペンキの細かいささくれ剝げが乳歯の並びに連ね重なり
表情すべてを喰いぢぎってい く　っ
、伸ばされきった右手を握る握り　、引く先は笑い、を肘から飛ばして
一枚ごとが舌峰になる木の葉に　、唾液が私、を舐め取り寒い
。赤で、渡れない　渡れ、と響く
溢した雲は影　を、濃く塗り　、傾きに吹き上げ止まない液へと
横這い進んむ足っ元っを　、笑顔で　こいつが跳び続けるんだ　。
、空も陽射しもちきりぎりにき　、きって、

歯茎から濡れる爛桃を尖らし、　とどめることもない玖明瞭な濁り、を、
いつまでも　。
含み　、　　　　　4
無言で、

「“4はしゃがれる」

》　　　　　d
<a href="http://sns.blog.jp/s-t/20111226">「#4」</a>
》
》#4　「はしゃがれる」　　a-h　〈
》

≫ささやぃてぃくただしぃ表情に目を　、ほそ
≫めてぃく／／木の芽どきの冷たさをまだ明瞭
≫に含み濁った空は／／うすく削がれる陽射し
≫を湓して／／窪んだ雲へと、溜め込まれてぃ
≫く／／ふやけるアスファルトの上、私、は／　p
≫／曲げた右手を息子に握られ跳ねられ引かれ
≫乳歯を剝かれて／／はしゃぎの笑ぃを投げつ
≫けられる／／影は短く、少し傾き立った信号
≫機が、青ランプ音を軋み流すと／／頬肉は自
≫分の顔から消え去る、切られた笑顔の先を理
≫解した
≫
≫
≫　、歩道柵が纏ぃ続ける、クリームペンキは
≫ささくれ、剝げ立つ／／　、盛り覆った新緑

》が、一枚いち枚垂れ込めて、背筋の脇へと擦
》り鳴る／／跳ねるはしゃぎの声は増し、／／
》右手の先で力んだ握りが横這う影をすべて踏
》む　っ
》
》あまりに　。　無垢に笑ってくるから　p
》私は、　こいつの声をむしった　。
》一片残さず私の笑顔は喰いちぎられたんだ全
》てこいつに／／喉の奥先、突っ込んでいって

》声帯をヒダに粘らせ取ったら／深桃を潰した
》液が吹き上がり信号ランプは塗り染まり、赤
》い。／赤信号は、　渡るといけない。　けれど　p
》も渡れ　と　、　音が軋み来る／／立ち止まら
》せた傾きの影に、　はしゃぎ、　は／／、　強く、

≫飛び跳ねる　。／／そして投げつけ無言で踏
む
≫のだ
≫染んだなかへ／／と笑み入る無垢を／／消し　　　　　　p
≫去る不安が、この世にない
≫
≫
≫アスファルトは背脇へ固まる。／／
≫ペンキの細かいささくれ剝げが乳歯の並びに
≫ペンキの細かいささくれ剝げが乳歯の並びに
≫連ね重なり／／表情すべてを喰いぢぎってぃ　　　　　p
≫く／／伸ばされきった右手を握る握り、引く
≫先は笑ぃを、肘から飛ばして／／
一枚ごとが舌峰になる木の葉に、唾液が、私を舐
≫め取り寒ぃ　　　　　　　　　　　　　　　　p

。赤で、渡れない　渡れと、響く
≫溢した雲は影を、濃く塗り、傾きに吹き上げ
≫止まない液へと
≫横這い進んむ足元を　、笑顔で　こいつが跳
≫び続けるんだ　。
≫ペンキの細かいささくれ剝げが乳歯の並びに
≫空も陽射しもちきりぎりにききって、
≫歯茎から濡れる爛桃を尖らし、とどめること　d
≫もない明瞭な濁り、を、／／
≫いつまでも。
≫含み　、
≫無言で、
≫
≫
⋙　＊　6＋22×(14×2＋20×2)　＊

<a href="http://sns.blog.jp/s-t/20010226">「4#」</a>

》 d

「〝e4はしゃがれる　・」

》

<a href="http://sns.sharecomu.jp/2/197979a-hirakawa/s-t/top-plofile/ID=202">('04/02/28 02:37:06~) s.b.frend -187 </a>

》

》＊

》 <a href="http://sns.blog.jp/s-t/20111226">

<a href="http://sns.blog.jp/s-t/20111226"> 「#4」</a>

「#4」</a>
》
》#4　「はしゃがれる」へ
》
》ささやいてぃくただしい表情に目を　、
》ほそめてぃく／木の芽どきの冷たさをま
》だ明瞭に含み濁った空は／うすく削がれ
》る陽射しを溢して／窪んだ雲へと、溜め
》込まれてぃく／／ふやけるアスファルト
》の上、私、は／曲げた右手を息子に握ら
》れ跳ねられ引かれ乳歯を剥かれて／はし
》ゃぎの笑ぃを投げつけられる／影は短く
》、少し傾き立った信号機が、青ランプ音
》を軋み流すと／臓は自分の顔から消え去
》る、切られた笑顔の先を理解した》、歩

》
》#4　「はしゃがれる」へ
》
》ささやいていくただしい表情に目をほそ
》め　、ていく／木の芽どきの冷たさをま
》だ明瞭に含み濁った空は／うすく削がれ
》る陽射しを溢して／窪んだ雲へと、溜め
》込まれていく／／ふやけるアスファルト
》の上、私、は／曲げた右手を息子に握ら
》れ跳ねられ引かれ乳歯を剥かれて／はし
》ゃぎの笑いを投げつけられる／影は短く
》、少し傾き立った信号機が、青ランプ音
》を軋み流すと／私は自分の顔から消え去
》る、切られた笑顔の先を理解した》、歩
》　p

》　　　　p
》道柵が纏い続ける、クリームペンキはさ
》さくれ、剝げ立つ／、盛り覆った新緑が
》一枚　。　いちまい垂れ込めて、背筋の
》脇へと擦り鳴る／跳ねるはしゃぎの声は
》増し、／右手の先で力んだ握りが横這う
》影をすべて踏む　》　あまりに　。　無
》垢に笑ってくるから／私は、こいつの声
》　　　　p
》をむしった　。／一片残さず私の笑顔は
》喰いちぎられたんだ全てこいつに／喉の
》奥先、　突っ込んでいって声帯をヒダに

》道柵が纏い続ける、クリームペンキはさ
》さくれ、剝げ立つ／、盛り覆った新緑が
》一枚　、　いちまい垂れ込めて、背筋の
》脇へと擦り鳴る／跳ねるはしゃぎの声は
》増し、／右手の先で力んだ握りが横這う
》影をすべて踏む　》　あまりに　。　無
》垢に笑ってくるから／私は、こいつの声
》　　　　p
》をむしった　。／一片残さず私の笑顔は
》喰いちぎられたんだ全てこいつに／喉の
》奥先、　突っ込んでいって声帯をヒダに
》粘らせ取ったら／深桃を潰した液が吹き

〉〉喰いちぎられたんだ全てこいつに／喉の
〉〉奥先、　突っ込んでいって声帯をヒダに
〉〉奥先、　突っ込んでいって声帯をヒダに
〉〉粘らせ取ったら／深桃を潰した液が吹き
〉〉粘らせ取ったら／深桃を潰した液が吹き
〉〉上がり信号ランプは塗り染まり、赤い／
〉〉上がり信号ランプは塗り染まり、赤い／
〉〉。赤信号は、渡るといけない。けれども渡
〉〉。赤信号は、渡るといけない。けれども渡
〉〉れ　と　、　音が軋み来る／立ち止まらせ
〉〉れ　と　、　音が軋み来る／立ち止まらせ
〉〉た傾きの影に、　はしゃぎ、は／／、強く
〉〉た傾きの影に、　はしゃぎ、は／／、強く、
<style type="text/css">
#a {margin:0 10px 10px;}
#b {width:100%;}
</style>
<table>
<td><div id="a"><form id="b"><input type="text" name="test"/></div></td>
<td width="1"></td>
</table>
〉〉飛び跳ねる　。／／そして投げつけ無言

》飛び跳ねる　。／／そして投げつけ無言　　》で踏むのだ染んだなかへ／と笑み入る無

》で踏むのだ染んだなかへ／と笑み入る無　　》垢を／消し去る不安が　、この世にない

》喰いちぎられたんだ全てこいつに／喉の　　》奥先、　突っ込んでいって声帯をヒダに

》た傾きの影に、はしゃぎ、は／／、強く、　　》垢を／消し去る不安が　、この世にない　》

d

》飛び跳ねる　。／／そして投げつけ無言　　》で踏むのだ染んだなかへ／と笑み入る無

》で踏むのだ染んだなかへ／と笑み入る無　　》垢を／消し去る不安が　、この世にない

》垢を／消し去る不安が　、この世にない　　》　d

》　d　　》アスファルトは背脇へ固まる。／ペンキ

》の細かいささくれ剝げ　が乳歯の並びに〉連ね重なり／表情すべてを喰いぢぎっていく／

〉／伸ばされきった右手を握る握り、引く〉先は笑いを、肘から飛ばして／一枚ごとが舌峰

〉になる木の葉に、唾液が、私を舐〉め取り寒い〉。赤で、渡れない　渡れと、響く〉溢した雲

〉は影を、濃く塗り、傾きに吹き上げ〉止まない液へと〉横這い進んむ足元を　、笑顔で

〉こいつが跳〉び続けるんだ　。〉ペンキの細かいささくれ剝げが乳歯の並びに〉空も陽

〉射しもちきりぎりにき きって、〉歯茎から濡れる爛桃を尖らし、 とどめること〉もない
〉明瞭な濁り、 を、 ／／〉 いつまでも。 〉含み 、 〉無言で、
〉 〉
》
<!DOCTYPE_HTML_PUBLIC"-//W3C//DTD_HTML_6.02
Transitional//EN">
<METAname="GENERATOR2"content="IBM_WebSpher
e_Studio_Humanpage_Builder_Version_12.5.0.0_for_3
02.mWindows">
<METAhttp-equiv="Content-Style-Type"content="text
/css">
<TD><A href="9.html"target="_blank">
<!--
BODY{
　background-color:#7969621;

background-image:url(image/wall.jpg);
background-repeat:no-repeat;
background-attachment:fixed;
background-position:left_top;;
background-
margin-top:0px;"
width="150"cellpadding="202">
〉明瞭な濁り、 を、 ／／
〉いつまでも。
〉含み 、〉無言で、
</A></TD>

》
》
〉 right! (7) | comments(1) | share(2)
<a href="http://sns.sharecomu.jp/2/197979a-hirakawa/s-t/top-plofile/ID=202">「 “e4 はしゃが

れる・」</a>

》

。

「・ターミナルα」

かたむかせている一本の線、を毟り
、はらった、
ほの熱い北埠頭の灰砂は踏み
2
凝固着するモスク・スクリューの片顎
を開いていた　。
ゆるむ潮嗄れを叩き隔てる煤板壁の粉咳を
たたえていた
、担っている幾本もの標示灯で
横たわる霧笛に突かれた下腹部から

着床した有精卵を切り取り
はさみ、込むコンテナに何度でも嗅いでいた

2

さぐられていた反吐の矩紋章は踊る足小指を
もう燃し終え造液しているじゃないか
。
殺撲する左腕にとどま、り價膨張していた
毛を差し出した廃客船で割り尽してしまった
血流の跡は　。投淫したのだ
回線基の尿道だけを轢き
互往復する島縁の幹を咀嚼し吃った
釘に　</a>
痩せほそり炙り胎芽の拗座礁が
胃臓へ視られた　。　自体臭を化石していく

２２

<a href="http://kinkouwan.jp/201300312">
また澹死産されている遺染義母は傘を噤んだ
、骨組みのベアリング桟橋を呑む　。
かきつばたを水面に匂う皺が月経後へ、と
裂砕されていた臍の緒で　２巻かれた生赤子、を
、枯葉肉が滴る口蓋、に
するこうがいにする
。ひたしうねる段ボールへ貼り「#4」付いた
頸なのだから　。三角テトラは肉片を
、垂らし
つぶされた突先へ淡い　、
幼児たちの表情が腐敗臭に削される

、河舟までも
切断されることはない
断ち　。　切られている

2

Gloria

「遠足の日」

。
ななかまどの枝が雨つぶ　、　の鼓笛打音を消しさっていき鳴らす僕は、
アメリカン・クラッカーと笑みの粉まつをまく　。
っ長ぐつに歩道の煮汁が沸いちゃうからね　。キリンさんを9ひき見るんだ
。ほら正門が細おもてに被さってきたよ
っ　バスまで　っ、　もうすぐ　、
ゆうと君は銀紙で待ってるし　、　はやく行かなくっちゃ
っ雨がっぱに遅刻のゲンコと麻なわ
が貼りつく　。　はねる　っ

、リュックサックから牛乳菓子の香りが目だま　、を　ゆすぎ、
みずたまりの蛹へ、はしり潰す門で校しゃを　。見あげて、みた　、
っ

はためいている　っ
横いちれつクラス全員の首吊り死体が　。ならんだままで
。たいそう服の躯体たち、は　、
疎林のかぜで、ちいさい円をえがき　っ
、窓ガラスを垂れ　、下がった手足が蹄へ叩いている　。
そうはくの顔は斑紋が　、たたらを踏み皆、剝いた白目だけが毛ぶかい　っ
。鼻汁　、が乾いた唇から伸びた首、は　長く　、
っ　よれた縄から紫舌の柵　っ
を、　こづき
、なびいているよ　っ
整列した41ぴきの人面キリン、が　、

。おくじょうの金網フェンスに偶蹄なわのしばりめが爛々と剛毛を短く張りつ
け不釣り合いなコンクリート壁へ、ゆうと君と真ゆき先生、を　細やかに、
ぶつけていく　。麦茶は、はだし股間から出て校てい、の水たまり、と
、溶ける。　新芽の匂いが、してきた　っ
。　　　　　　　　　　　　　　　79

渡り廊下に上級生のマサイキリンたちがチーズを刻みよじり揺れている
っ　バスへ変色した七竈実　、をなぐりつけ強風と死体たちはぶつかり続ける
。ふきあげ　、　られてチャグチャグ撥ねあう　っ
っ　人体クラッカーの音色、が鈍い　。
っゆうと君ゆうと君、先生ぼくもキリンにならなきゃいけないね
全校生徒打楽器を掻き分け校しゃに入り　っ長ぐつを脱いで揃えて　。飛んで

「ゴキゲン中飛車の授乳」

。乳房を露わにしたツノ銀中飛車が、うちに泊まりに来て△**5四歩**が食べたり飲んだり、た
。いして生えてもいない通算15期名人獲得を剃ろう、と洗面所に行ったりするのを間近で
。観察するうちに5筋位取り中飛車は、やっぱり△**4四歩**はしないでゴキゲン中飛車になろ
。うと決めたのだ。　▲**2二角成**△**同飛**▲**5三角**か△**8八角成**▲**同銀**△**3三角**に　。近
。藤正和四段（当時）は▲**2四歩**△**同歩**▲**同飛**に似ていた　。　自分は△**5六歩**▲**4六銀**△
。**7二銀**に似ているとひそかに思っていた豪快中飛車でさえ　、ねたましく　、思わずに心
。から丸山ワクチンは▲**7八銀**△**6二玉**に似ていると言うことができた　。　肌、肌　、胸
。すべてが△**4四銀**▲**6五歩**△**同歩**の素質を示していた　。　ねえ、ほんとに　？

。△5四歩は母になりたくてしかたなかった　。一度、藤井システムが休暇で南のほうへ遊びに行ったことがあった。　佐藤棋聖（当時）と△4四銀▲6五歩△同歩が丘、に映え　、▲1八角は蜂を飼い、果樹園を作っている豊胸だ　。▲6七銀引△7四歩の草は梅雨にぬれて△5二金に光り　、地面に落ちたりんごの▲8六歩が足の下で　、ぐちゅっぐちゅっと音を立てる　。そんな南の地で▲3二角は△8一飛と、恋、に落ちた　。

（だって△5二飛　、探していた母乳、を見つけて掌に居るの▲3七銀と▲9二歩　、ほほ寄せ合って逸脱しなさい　。）

。▲6五角も踊りに行くことがあった　。毎週金曜の夜の▲5八飛には　、一緒に未熟児籠に行かない？　と△3二金▲8三角成を歌ってくれて　、森内俊之十八世名人は連れ立って町へ出かけた　。町に一直線穴熊が来て▲2一飛と居ることもあり　、保育園の▲2二とのと金の子たちが　、よそいきの服で（参照27図）おめかしをして　。

（だって△2一飛　、吸っていた卑猥な笑い、を見つけたの

▲4五歩と**△6二角**、ほほ寄せ合って、
ほんとに**△5一飛**と逸脱してる？ してるって言え。）

。——再婚してくれるかい？ と**▲7七銀△6四歩▲3六銀**は告白した。**▲3七桂**は待
。てるよ。**△2二角▲2四歩**も夫婦になりたくてしかたなかったので、舞台でよく
。耳にする藤井新手を使った。 再婚してくれるかい？ **△4四角▲4五歩△6二角**は
。待てるよ。**△6四歩▲2五歩**はじきに、奥さんと初代竜王・島朗九段を養うのに十
。分ぐらい稼げるようになるよ心配しないで**▲4七銀△5一飛▲3六歩**は待てるから。南
。から帰ってきた**△3二金**は、なぞめいたほほえみとくすくす笑いで（▲羽生・持ち駒角
。2・歩2）はちきれそうだった。 **△7一角**がね、と美濃囲いは言った。**▲1六香**
。**△同香**があって、**▲2五桂△同歩▲5二と**（35図）がこうで。ときどき手紙がきて
。**▲3二龍**の打ち明け話の聞き役だった**▲1三角まで投了**は、ベッドのはしに逸脱しなさい

090611 白川

眠ることはない長い舗道が真っすぐな雨粒に刺され始めると、
喉もとを掻いて水源へ岩肌へ、
かくはんした母を　、　溶かしていく。
まばたきはいつでもおしみない　アルミ缶のタブで弾かれる度、　小橋の下へ
と私は　くり抜かれた目を、　しゃがみ込ませる。
薄めのクレンザーの匂い
ジーン・メリットのコーラは紅い　。
投げ離されている意識の端が、　やわらかな肉につながっている、
にぎり荒らされ皺、　を寄せている。

ほとばしる脹らみを、誇る重心を、くちもとから遠ざかり、取り戻し、
染み付いた塩を乾かし、　払う。均されむしられる海面が、
短い
新月を　。　吐き出した　。
剝けたハンガーの柄の青錆
脱げない除光液のチューン・スライム　。
表層の粒は制しがたい　とりこんでいく反射と反射を　、吸う
とうめいをとうめいを重ね合わせていく、
濁る、もやる、線をかき分ける、
川面に映し出された、ゆるまる沈黙の丸みがまばゆくまぶしく
二つと独立する、
月　を、生やす
。

灰石を孕む薬缶の煤痕

架線が腫れるサンドグリップＢ　。

はは、は　あおむけにちりばめられるのです
かかとのかくしつを、なめらか　に、むれる、さかなのうごき、へ
、すぃぎんに　ひかり　、のぼる　のです　。
ととのえられた、まゆげ、に
ひとしきりのたぃおんをまぶし、て　ふくらはぎの
すずやかな　ほくろを、うろこの　かわのこけへ　と、のこすのです。
こうちゅう、を　ねむらせ
かどを　おとした　こぃし、が　わずかな
ねこぜ、から　ちぶさを、まさぐり　つかむ、　のです
ぼにゅう、を、しぼり、すう、のです。
はをたてて　しなびてぃく、
むなもとにあまぃ　りょううでと、かたうで、は、ななめに、ひらかれ、
さつがぃ、に、ぃきづぃてぃる

のです
ヘドロと絡まるデュラン式ライター
ニコチンが濾過した十円銅貨　。

はじまりを、　そして　。はじめていく
藻蘭が頸動脈を臨書している　。私がアルミタブを叩く
区を分けるんだ裂き続けるんだ
水表の皮膚病が高加する地熱に一滴いってき蒸発する、　と
直立した　、右のさかなが、尾びれで底砂を
払う掘る。　左のさかなが直立の肉を
凝着した支点に回流を速める。　崩壊した水かさへ　、
均衡を燃す遠近へ鱗と鱗は殴り淀んで平らな穴ぼこに卵子を撒く。死に鰓を入れて
。射精する　。孵っていく、　矮小な　さかなたちが
卵殻を食し、　二匹だった物体を喰った　。

私は、タブのたたきを速める　炭酸が吹き出し川辺へと染む。
鱗を落とし皮膚を突き破り短脚を生やし性器を性器に入れ合い、孕ませたら
ほら　親に犯される　。
そのまま　兄弟を犯し喰らい合う。
腿を、擦るラットストラップがデニムポケットから漏れる私が速める
タブは千切れる落ち跳ねる　。
延び生きる親が羽毛の盛りに産んだ子を一人ずつ殺す　と
奇形は火、を熾して　線、を引いた。
踏みつけあい
足の裏のしたで手淫する瘡蓋も張れない傷口を
塗るんだ　。　私の速度はプルトップの千切られた鋭利に削られるんだ。
皆での自害は生かされる　奇形の、ひとからひり出されていく
、小さい肉が　。私となる　。
芒の葉陰で喰い残され、今に産みだされたのだ。さかなの化石を踏みつけながら。
私がプルタブ棘に速める、爪は粉になる雨線に呑まれている

。高架線を振る沈殿した夜が
つまずく墨を　、　摺っていく
ほのめく月の視線を筆が撫でる波紋に貼った川月が立ち外光を余さず摑みきる
廃液に粘る川水にまみれる、　私は缶をはじく私を見るのだ　。
ない　、　目の私が育ち伸び河川に流れる私を見る
時間は早送られていく凝らす目蓋に血流をたしかに通す、　ひらく。
ふくよかだ、　たかぶるのだ　そらすこともない
のだ　さだまるしょうてんを、　みたすのだ
、　えいかくにさすのだ
いろどるのだ　ぬめるのだ
ごらん　。　月齢が私の眼球なんだ

。

錆ぶくれの太い懐中電灯
堆印字へとにじむブレイク・クェンディン　。

むすばれていた、くちもと、は　ほどかれ　ちいさく、ふちのとったんへ
と　おびえる、なえる、めまいに、くらむ、
おわることのない　にんぷ、が
ひじをかけて　いくのです。　よこぎる、びせいぶつをまるく
のどぶえ、から　ちつへ、ひだのぬた、へ　しずめる、
きん　に、いられた　はがね、と、
のうりゅうさんをたらした、じゅんどう　にカドミウムをのむバクテリア、が、
そまり　すすぎ　、ひろがる　のです　。
あらいこまれた、しわのすじから　、みちびかれていく、　はいらん　は、
とおい、みずいわ　に　たった　、うみどりを、なめる　、ひとふしの
まがりきった　、ついこつをあやまり、いんすい　で　つくりあげた、
すいじょうきのおびに、　はう、　ふなむし　、を　、
しきゅう　で、くだいている
のです。　割れた瑪瑙と縞目のパルプ

ティティ・クロッシェに絡めたかぎ針　。
握り続けるコーラは軽い、目を凝らしていく、いちいちは緩い。
寝つくこともない速い車道が真っくろな斜線に折られ始めると、臍下を
掻いて河口へ粘土の堆積へ、
たいりゅうする母を　、　ひき寄せていく。
橋脚のつまさきから跳ねた、ははのしずく、を　たちのぼる指紋の脂が捕まえ
コーラ缶に注ぎ弾く。親指で　速め続けるんだ。すぐ
缶の内側から、　さかなが跳ねる音がする、　はじまる　。
ひと、へと進化する　。　音が繰る　。
単調なシバース・リーガルのきしみ
艶消しタバコの煙は長い　。　頭骨で焦がされる、へいたんな粘着が
ひそめる眉根から微細な神経の集中を、ほとばしらせて空気を掘らせて
。私が河川へ　、立ち上がり　歩いていく　。
岸辺にからまっている、ひとの死体　背高泡立草の根にからまる、さかなの死体
鱗にはさまれ硬直している、ふなむしの死体　歯の

合間から腹を覗かせる、　こうちゅうの死体　おとなの死体と、　こどもの死体
が、すきまなく下水管を詰まらせている
まん丸く膨れた集団死体が水門室　の赤錆にカルダン・シャツを引っかけ
、半身だけを浸している　。
焼却炉あとの横金網　に　父の死体がひっかかる
金属の触手が、　私の死体をつかまえそこねる　。　缶を
投げ捨てる私は、　とても冷静に姉の死体の顔を踏みつけ、　ぎっしり浮いた死体の
中から私の死体を腕にひきよせ抱きしめた。なんども
なんども抱きしめ続けた。抱きしめ
続けた　。
臭うコートダジュールの包装銀紙　サガミオリジナルに注ぐ辻作品・咲
電話に携帯された私の死体　。　河川の
小皺にうねっている新月、　が呼応しあい私の視線を結び合う。
立てた私の身体を歩ませ廃油でかたむく芒草をかきわけ、　痰や尿や経血が
溶けこんだ　、　かん没する郊外の無機質な始原に　河海にくもる眼窩が凝固する　。

見ている　。　見られている　。
見すごしている　。
ペルーシュブラウンの浸透する地方言音　怠惰な9.11グリッシーニメガモール
雨粒が斜線の音をたぎらせる　すべての肉体は腐乱していない　記憶だけが腐乱する
。私は　産まれる前に、ここを　選んだ
はは　、　も選んだのだ　選ばれたのだ　。
流れの澱みはコーラ缶から茶色い泡を吐いていく。ゆらされる
手繰り寄せる筋肉のしなりで弾雨に川がはねあがる　。
はは、がとぶ　。水滴が死体ごと鎖骨のくぼみまで身体をつつみ
こむ。　水を着ている　。　まるで
。はは、に抱かれているんだ　。
羊水の染みを消さない瓶ジュース自動販売機　水飴を溶かしたコンタクト
レンズ・フィルム　。肺奥の空気をこっそり吐き出し漂白された枝を姉の上に折ると、
帰化する雨雲がまだらに瘦せる。　私は私の死体のくうどうの
目に指を突き刺す　。

頭蓋稽を続けて弾くと雨雲はちぎれた架空が、
さかなになり、
嬰新月から生えた私
の
指　が
白む、　はは　を産みつづけていく

「・双歯のツヴォルフ」

d

、 3

ほどけていく住宅地の腸（が硝子鉢を煮溢していた

。まわる海藻に工場連窓は起きあがり　っ

ながら　、　まだ汐渇き

の6丁目へと水域、　が環状線の髪を吸い尽くしている

、っ　はやく産まれなければならない　。

ななめに雲丹殻で皮膚　、を　っ

追い、　ぬき廃棄液晶の潮をすすっていく

。さえずった潜肺胞へ　っ

と渡され　、赤大隅鋸草の舌から枝毛のある貝が照明、を
咀嚼していく。　快活に囃す
っ　はやめに授乳されなければならない　。
プラ洗濯篭を曲げ込んだ丸椅子の鰭は、まぶしく
車間距離のある銛で喋られた打鍵と沖を　、　かたむけていたのだ
　　　　　　　　　　　　　　　　　　　　3
、　　　　　　　　　　　　　　　　　　　3

死ね　。　の口もとが、生きつづける　。
、顎漁港をアンテナの液
で整列させられた鱗乳児たちは　っ　d
冴えた草食を　、　まるめ俯せ、に顰められていく
。　すばやく愛され抱かれなければならない　っ。
座礁しつくした屎飯粒の
ひも、へと鰓へと　っ　　　　　　　　　3

洞穴ラズリ（が瘡前歯を入れ精卵した舌　、を擦る千切る。
14眼玉に転げ満ち引きする鰾　、が屠畜し　っ毟って、いくのだっ
、穴まだらの瞼　っへ、　d
なま肉の私体、を　見つめるのだ縛るのだ　っ
。ひきはがす　。
飼い回遊魚たち　が　。貪る頭蓋、を　、

3　3
こ泡ぶくを溝に、まるめ崩木小屋から（のぞく四肢の生えた魚がっ啼き
はじめるのだ緑　の　汁首は羊歯塩、　に　舷を、　くゆらせ
。　っ　ぜったいに他殺されなければならない　。
群マイクロリム餌　の鰾ぶくろ、
が鰤　滸社両の臓腑　に　っ　d
っ吻部位を　っ運河陸橋まで粘っこく舐め　、ていく舐めていく

、っ　かならず遺棄されなければならない　。
矩破砕された鉢粒へ母屋、の　列を骨に並べ突（き刺し、
っ　腕　を移植された氷　が9公自動車、から
出ていく廃液玄関　を開けた鵬鯨、に　　dd
。　しゃぶられた、のは　人間飴　。（
、っ　はやく転生しなければならない　。
むずがゆく有機すいぎんを乗せた腹側脂の海草が　　3
。っ　はやめに産まれなければならない　。っ
2新興2マンションさえ還るのだ、むくんでいく　のだ　、くち
荷台で海中分娩を　。（もぐっっていく月が浅く（あるaく噂っ　、て死ね

葦北みっさ

眉をしかめた溝にむらがる昨日は過熱し燃え尽きる
低くなる陽は電柱に座り帽子の余る目庇を焼いた
鼻の下が煎ってもらってから来る
お豆の、とっても中挽きな
黒いに近いへ燃されると、すぐ
二つのしこりを塊を奇妙な形のままに下げる。
道の真ん中を歩いて帰った
未遂の卵と　暮らした日々は、おしまいだ。さあ
すっかりと　。

パッケージがレジ袋を圧する　指輪といっしょにくい込んでっくる
缶は出してみてタブは開けてみて虎縞ガードレールにめがけ
これまでの唾は吐くんだ、ぜんぶラックス
・コーヒーをすってみれば　、
おくちににがい
にがくない

背すじが小規模に笑うんだ。かかった時間は大人の身体で
整う仕方のないことだ
電線が耳の穴を掘ってくる　、　いちじくの葉っぱを貼る場所が
、ある
沸かしすぎは味が落ちるよ火を止めて
移そう適温に下げよう。
低くわだかまる茂みの茎根が触手が虎の白色を残さず隠せば

みっさなんだ、すぐ
瓶牛乳をだ巻き込み、ロゴでっだ
まんべんっなく
皆伐の端へと転がしたのだ
っ

今朝から　。　毛深い夜でしかない　。
くぼむ水溜まりに街景が降ったら舗道タイルを擦過してやる
まったく春宵な豪剛毛だ。
たくしあげた部屋着の裾から
小さな膝小僧がのぞく　逃れた腿に殴打の痕が　、
紫にくすみまだ散っている。　核果をひっつけた褐色の肌を
焙煎するのだ脱ぎあいみるのだ
フィルターで抽出していく血まみれの乳幼児を掬いあい

紡いだ名前が口をふさぐ。
銀指輪の漏れる砂糖へ　みっさへ、　私が混ざる隙間へ
熱する液状化が垂れた
両方のまぶたが目にかぶさった
厚く　、
ひろげてゆっくり間を置く淹れる淡さに照らされる
。恋
は女子のキンタマです　。

っ
きりひらかれた柔らかい斜面が湿気になだれかかる土質をひろげつなぐ足裏に
吸いついてくる脂指の股へ舌を入れてくる　。
割れた一本道は長い
古砕アスファルトの合間に下生えが抱えた有機肥料の屑が臭くて

スチール缶は　濡れそぼる。夜は卓越する香気を、
肯定し合って、みっさと二人だ　。
絶滅するだけの個人という種が胸元をくつろげて祝福になる
黄ばむ滑らかな歯並びをたどって達して肌に育み続けて　、
去って行った　、　悲しい息づかいを
いちもつ　が救いあげていく　。正座した陽光は電信柱の頭から
、　落ちてもつれて
臓物を吐き群生に合板に蔓に血流を塗る。内側の
吐瀉物を尾根までつないで谷あいの向こうに夕沁みをつくる。
ひどく懐かしくてたどり着けなく
みっさの旬の一瞬の
いとなみはなすすべもなく吸い飲み続け、やがて我にかえるんだろうね　。
醜悪な、えっちの片隅に人生を置く
ためらいだらけの身体にしがまれ、その時みっさは遂にっようやく、
一緒に居ちゃった　その事実、が

。最大の自傷だったと気付く
樹木の感覚が広くなり、去年からの殻下生えが苔に滑り振り回したコンビニ袋の
こよりが、ゆで卵の殻を剝く　。窓から
性器を出した、みっさは渋皮を裂き琥珀色に煮えこぼれているよ
着いたら　つば帽子の身体滓から白牛乳を
噴射するんだ　。果芯のぬたくり返しに蹴り上げられて叫んで腫らすよ　っ
ぶら下がる交じる溶けている渇きは出来あがりなんだ　。
混じり合うだろう、肉液カフェ・オ
・レ・コンバーナ　が　、
あの部屋にせまぃ
せまくなぃ

Credo

「・ブールバール」

すげかえられた路面舗装に埋まり、覗く顔の輪切り
がビブラム底を　、透し
。液状化する足裏を吸っていた捲っていた　。
黄色盲人タイル、は　薄く
、灰煙のたつ置き板側溝網は　、　短く、
まだらに鉄錆の浮く旧式標識を這った郁子蔓の鋸葉、　を
韜っている　。　吐いている
。　吊り挙げるままの托鉤茎で脚腺を濡らす坤蜘蛛が涼しい。
靴下はだし、　がトレス合皮革靴の内、　から視ている

、ずらし縊霞む近さ　、へ
はやく　。　脊椎床に掃き寄せていく唾液達を嗤って居たかった　。

っ

また窓硝子の中　、立ち続けなければならない薄赤く
自声紋も彫られたのに狭かったのに　。　タール
・マカダム粒の流体を滑り留まる口唇は爛れていた歯列
を剥いていた横断道　の貝片に鉱物に剃り　、残されていた産毛が
、茶缶から漏れるダビドフの吸殻に　焼かれつづけている　。
脂で　ぬめった親指へ　貼りつく肉体重が、　のしかかっていく、
しだい次第、　に丸ばむ　。　爪　が血管虫、を、潰すんだ
。つなぎ目で屈む虹彩は跨線橋に尖り　、喘ぎ
梳かれはじめた濡肌髪　、へ
、　傾く　のだ落ちるんだ　。
っくぐりあい通る　っ

。わたし　。を　、飼い生首が敷く　、
う立体交差下へと疣糸を引、く群蜘蛛達が一匹いっぴき粘っこい咀
嚼に喉を鳴ら　し身焼けしている葉皮膚が顎の単調な貪、りに　う
ほつれた維管束と渓腑汁、を散ら　、し挙げて延び巻　くLED表示
信号柱ごと正餐の舌に蝕まうれ瑚意志を失い白濁し　た眼球　っ
が蔓　へうと食まれて膨らみ実り　　、
つづけるのだ　。たわんでいくシャラード電線の行列に漏れでる小
酸泡まみれの蔦から、
つらなり
っ　　　　　　　　　　　　　　　う
、垂れさがる無数の胴なし頭　、
もうすぐ路外駐車スペースを曲がって四角い指隙間に繊維の、ささ
くれと細断した顔たちを踏む。　おくっていく茎は跳び　、　っ

らもがれた　わたし　、と目が合う排水段差に落下した　わたし
と小高く　。　まだ蛛肢へ喰われていたかった居たかったのに　、な

キリコさん

あみ浮かんだ枝さきの合間、から漏れる直射は薄く伸ばされ　、透かしおとす清爽を一つ
、ひとつ頬へと裏打ちしていった。幹と根本にしげる小草が葉のうら、はね付く泥、を
こびりつかせて喘ぎ　、ひびいた額が奥まで、ほんのりと痛みを歩かせる。うき小草の名
を調べたい　、と覚えていても忘れて気付いて少しだけ　、自分に笑って瘤をまきオーナ
ーへと挨拶をする。櫨を鳴らしながら、　あとは待機するだけだ。まもられた海藻と握る
携帯に湿って今日は、　ゆっくり座るのかもしれない　。はさむ表、の羊歯が映えていく

あたしなんかはそぎゃん心配いらんだろうし
っ　ね、働きだしてこの部屋で意外と

だいじょうぶ大丈夫でも意外とね、ほんとう　驚かんかったんよ

髭の先まである欲求を、さ、集めて濾して、
出来たのがこの部屋　。　うん
あたしの部屋だよ５時間42分かっきり、世界一不自由な浴槽に屈んでみて、さ
自分の出した声で眉間、痛くしよったり
、生理の血　、専用綿詰め込んで止めよったり　、
まぁ全部、気合でなんとかなりよるし、ね　ブっさいくな
よがり顔ば笑わんようにつたい
っ気ぃつけたり練習したりで、さ　、
私は私　が、ね　好きで好きで堪らないんよ

だけん泣くのもニヤツクのも昔っから　風呂場しか
それしか無かったわけやん　。　ほら

ここなら誰も嘘ないだろうって来てみて　やっぱり嘘なくて、ね、
30万とか上出来だん
。化粧で塗り固めよったら立てるし　、余裕なんよねヨユウ
小さいこと、　隙間も圧迫もなく両手に、さ
、持てるだけを抱えて軽いや
全部が軽すぎるから重いや
うん、つまり雄大とか。　あたしだけんね

みつ頬が巣乾きをほの浅く抱えている佇んでいる。みぎ瞼の上に　、のこった扇河川が膨
らみきる細さを、まだ置きとおして梳いている。親指先へ、と絡み付く壌砂は痩せぎすに
、とぎれ途ぎれ、に笑んで炊き巻きもどされる峰感触に涼しい。話し溢した時間は確かだ
。それだけが、　ゆるみ静謐だ。鰓タイルの壁で汲みあう霞みが綿苔の量、　を微かに握
り　、繁り、戻り、濾された乱髭を、挟み、湿り、藻草を張って、あいま合間へ重ね、ひ
そやかな腕は持てただけで浮かべる枝葉は　、すぐにも朽ちる。対岸に屈む丸まりは近い

額だけだん痛ぃのは、ね
たまに嘔吐ばするけど　、やっぱ　ブっさぃくに喘ぎまくってさ
。ほら　結局　、葉に跳ねるのは、泥だけだん
いくら映えよっても小草の名前なんかっち　誰も目を凝らして見よらんけん
、ね
なんもなぁんも嘘なく雄大さに甘えてっつたぃ
。この部屋では
皆が、
みんな　、　とってもぃぃ子　、

攪拌、

剝かれた夜は終わることのない端まで伸びきる、　視界が区ぎりとる一帯を
柔らかな厚さで、
籠めていく　。　寄りかかる体熱が欅の幹に
背肉の沸しと脊柱の凍てりを　私、という肉塊から
移せば、　よじれた枝の一つひとつが　反り立ち、　生気を撒き散らす。
粘りつく歯茎へ　、　マイセンを当てる。
探り這っていく指のひら、　が　子煤にまぶされる胸ポケットの中、
ほてりを孕んだオイルライター、　と　圧縮へ座った儕手帳に触れる。
浮きでた静脈が肌を吸う、　ふたつ、　を夜の

中へ取り出す、と　。
ほぐされた輪郭が芳漑烈な闇に
まざりあい、　境界と境界をなくし、　もつれあい、　ぬめかえった陰影を研ぐ、

唾液をひいたマイセンが唇の乾きを消していく　。上げた勒貌線に
眼球が蹴られ、とらえた放射へ散らされる裸枝は
。とてもしずやかに卦血流の拍を鳴らしつづける毛細でしかない
合間に、　編み込まれた半月の
丸みは樹肌の罅へ、滑り入っている。皮膚と意識孄の
あいだを書きこむ重さが、融角質に、　膨れあがり私は　、
つくりあげた火筋をメモ　だけ抱える、
腦手帳に　。点す　。
まぶしつくされ翳る煤へと輝かしい濾しとる、凝固が
はみ出すことなく蜉溶鋳していく

今日　、
過去への日記を残さず焼いた。
しめやかな空気がえぐりとる焦げつもっていく熱気は眩い　。
滴りきった大火を、
根毛のはるか上に残して意識を切りとる気楼の揺らぎが
まぬがれることのない消え去る火咳が　沈んだ気配を、まだみなぎらせる。
還ることのない蝕みなんだ。啼音をたぎらせる痕をしごいて
踏まれつづけた鬱積が　。
おしなべる圧搾を這いつくすままに脆さは呉れ隠れもしない。
移る灯りから伸び満ちる煙は細ばんだフィルターへ、と
、濾過される
粘つく唾液が口腔にからみ、骸の私は浸され浅い。
切られた厚さが吸飲に増して、落とした線に凝集は澄み、
残され在る埋む灰の少ない、へと

。不安は　、肥える、

思い出を　全て　。貪って

もぎとられていく存在の繋りが衰えることもない腫れうずく力でみひらいた闇を蜉目蓋へ、

ひろげる。

晴れやかにひろがる重力が、燃え尽きた熱さをかかえる手帳礙の

焦げつき乱れる切片を　てのひらから払い落として、えぐれた粒の中に

、混じらせる　。

制しがたい力は妨げられない　。　欅の枝は夜という夜を、

肉体へと取りこみ、毛細管褻の鳴らしを速め、沛一帯に、すでに血液を

通わせているというのに　。　体熱が

幹筋に吸い引かれていく沸しと凍てりは飲みこまれる中、

途切れた脂を軟らかく吹き出し　網膜を月をライターを　よじれた管のすきまへ、埋めさせ

ている

。剝いた端、が消す独立に
はじかれそして籠められた　流体のない撹攘拌が
つよまる意識に完成するんだ。ほら　区切られた欅を見てごらん
不変の身体でしかないだろう　。しみ通らない皮膚に包まれ　なくなる安堵が鼓動を置
く　。

きれた煙草にソフトケースを溶け入る指肢でにぎり潰した　、
唇は寒く
ゆるやかな艶をもった歯茎が　しのびやかに、濁り透かされる。
。喰い穴を絞めたポケットを抜ける書きこまれた筆圧だけは動きもしない
研がれた陰影にこもることなく　ひかれた一線が外界と外界を、ひきしぼる内界へ
溶け拡げ、澄んだのだ　。
ほのかな始まりが私から幹の
肉体を揺らし摑みとり視界に灰を
消し去る　。
切りはなされていく見入る意識に膨れあがる体内が、

茂り、
安心してほしい　、
このまま、
不眠の夜が明けることはない

“8 白川 090611

》

<a href="http://sns.blog.jp/s-t/public202/a-hirakawa/log/document.file/20120221">

「#8」

text.file for 『a-hun No.7』 ('12/02/05 02:36:29~) </a>

》

》 *

〉

〉#8 「090611白川」〈

〉

》
〉眠ることはない長い舗道が真っすぐな雨粒に刺され始めると、／喉もとを掻い
〉て水源へ岩肌へ、／かくはんした母を　、　溶かしていく。／まばたきはいつ
〉でもおしみない　アルミ缶のタブで弾かれる度、小橋の下へ／と私は　くり抜
〉かれた目を、しゃがみ込ませる。／薄めのクレンザーの匂い／ジーン・メリッ
〉トのコーラは紅い　。／投げ離されている意識の端が、やわらかな肉につなが
〉っている、／にぎり荒らされ皺、を寄せている。／ほとばしる脹らみを、誇る
〉重心を、くちもとから遠ざかり、取り戻し、／染み付いた塩を乾かし、　払う。
〉均されむしられる海面が、／短い／
〉新月を　。　吐き出した　。／剥けたハンガーの柄の青錆／脱げない除光液の
〉チューン・スライム　。　／表層の粒は制しがたい　とりこんでいく反射と反
〉射を　、　吸う／とうめいをとうめいを重ね合わせていく、／濁る、もやる、線
〉をかき分ける、／川面に映し出された、ゆるまる沈黙の丸みがまばゆくまぶし
〉く／二つと独立する、／月　を、　生やす
〉／。

〉
〉／／灰石を孕む薬缶の煤痕／架線が腫れるサンドグリップB　。　／／
〉
〉はは、は　あおむけにちりばめられるのです
〉／かかとのかくしつを、なめらか　に、むれ
〉る、さかなのうごき、へ／、すいぎんに　ひ
〉かり　、のぼる　のです　。／ととのえられ
〉た、まゆげ、に／ひとしきりのたいおんをま
〉ぶし、て　ふくらはぎの／すずやかな　ほく
〉ろを、うろこの　かわのこけへ　と、のこす　　　〈
〉のです。　／こうちゅう、を　ねむらせ／か
〉どを　おとした　こいし、が　わずかな／ね
〉こぜ、から　ちぶさを、まさぐり　つかむ、
〉のです／ぼにゅう、を、しぼり、すう、ので
〉す。／はをたてて　しなびていく、／むなも

〉とにあまい　りょうでと、かたうで、は、　　〈
〉ななめに、ひらかれ、／さつがい、に、いき
〉づいている／のです
〉
〉／／ヘドロと絡まるデュラン式ライター／ニコチンが濾過した十円銅貨　。／
〉／
〉
〉
〉　はじまりを、　そして　。はじめていく　／
〉藻蘭が頸動脈を臨書している　。私がアルミタブを叩く／区を分けるんだ裂き
〉続けるんだ／　水表の皮膚病が高加する地熱に一滴いってき蒸発する、と／直
〉立した　、右のさかなが、尾びれで底砂を／　払う掘る。　左のさかなが直立
〉の肉を凝着した支点に回流を速める。　崩壊した水かさへ　、／均衡を燃す遠
〉近へ鱗と鱗は殴り淀んで平らな穴ぼこに卵子を撒く。死に鰓を入れて／
。射精する　。孵っていく、矮小な　さかなたち　が

〉卵殻を食し、　二匹だった物体を喰った　。　／　私は、タブのたたきを速め
〉る　炭酸が吹き出し川辺へと染む。／鱗を落とし皮膚を突き破り短脚を生やし
〉性器を性器に入れ合い、孕ませたら　／ほら　親に犯される　。　／そのまま
〉兄弟を犯し喰らい合う。／腿を、擦るラットストラップがデニムポケットから
〉漏れる私が速める　／タブは千切れる落ち跳ねる　。　／延び生きる親が羽毛
〉の盛りに産んだ子を一人ずつ殺す　と／奇形は火、を熾し
〉て　線、を引いた。／踏みつけあい　／足の裏のしたで手
〉淫する瘡蓋も張れない傷口を／塗るんだ　。　私の速度は
〉プルトップの千切られた鋭利に削られるんだ。／皆での自
〉害は生かされる　奇形の、ひとからひり出されていく／
〉、小さい肉が　。私となる　。
〉芒の葉陰で喰い残され、今に産みだされたのだ。さかなの化石を踏みつけなが
〉ら。／私がプルタブ棘に速める、爪は粉になる雨線に呑まれている／。高架線
〉を振る沈殿した夜が　／つまずく墨を　、　揩っていく　／ほのめく月の視線
〉を筆が撫でる波紋に貼った川月が立ち外光を余さず摑みきる／廃液に粘る川水

〉にまみれる、私は缶をはじく私を見るのだ　。／ない　、目の私が育ち伸び
〉の盛りに産んだ子を一人ずつ殺す　と／奇形は火、を熾し
〉て　線、を引いた。／踏みつけあい　／足の裏のしたで手
〉河川に流れる私を見る　／時間は早送られていく凝らす目
〉蓋に血流をたしかに通す、ひらく。／ふくよかだ、たかぶ
〉るのだ　そらすこともない／のだ　さだまるしょうてんを
〉、みたすのだ／、えいかくにさすのだ／いろどるのだ　ぬめるのだ
〉／　ごらん
〉。　月齢が私の眼球なんだ
〉
〉
〉／／。
〉／錆ぶくれの太い懐中電灯／堆印字へとにじむブレイク・クェンディン　。／
〉／
〉

〉　　　　　　　　　むすばれていた、　くちもと、は　ほどかれ
〉ちいさく、ふちのとったんへ／と　おびえる
〉　　　　　　　　　、なえる、めまいに、くらむ、／おわること
〉　　　　　　　　　のない　にんぷ、　が／ひじをかけて　いく
〉　　　　　　　　　のです。　よこぎる、　びせいぶつをまるく
〉　　　　　　　　　／のどぶえ、から　ちつへ、ひだのぬた、へ
〉　　　　　　　　　しずめる、／きん　に、いられた　はがね、〈
〉　　　　　　　　　と、／のうりゅうさんをたらした、じゅんど
〉　　　　　　　　　う　にカドミウムをのむバクテリア、が、／
〉　　　　　　　　　そまり　すすぎ　、ひろがる　のです　。／
〉　　　　　　　　　あらいこまれた、しわのすじから　、みちび
〉　　　　　　　　　かれていく、　はいらん　は、／とおい、み
〉　　　　　　　　　ずいわ　に　たった　、うみどりを、なめる
〉　　　　　　　　　　、ひとふしの／まがりきった　、ついこつ
〉　　　　　　　　　をあやまり、いんすい　で　つくりあげた、

〉　　　　　　　　　／すいじょうきのおびに、　はう、　ふなむ
〉　　　　　　　　　し　、を　、／しきゅう　で、くだいている
〉　　　　　　　　　のです　。　割れた瑪瑙と縞目のパルプ／テ
〉ィティ・クロッシェに絡めたかぎ針　。／握り続けるコーラは軽い、目を凝ら
〉していく、いちいちは緩い。／寝つくこともない速い車道が真っくろな斜線に　〈
〉折られ始めると、臍下を　／搔いて河口へ粘土の堆積へ、／たいりゅうする母
〉を　、　ひき寄せていく。　／橋脚のつまさきから跳ねた、ははのしずく、を
〉　たちのぼる指紋の脂が捕まえ／コーラ缶に注ぎ弾く。親指で　速め続けるん
〉だ。すぐ／缶の内側から、　さかなが跳ねる音がする、　はじまる　。／
〉　ひと、へと進化する　。　音が繰る　。
〉／単調なシバース・リーガルのきしみ／　艶消しタバコの煙は長い　。　頭骨
〉で焦がされる、　へいたんな粘着が　／ひそめる眉根から微細な神経の集中を、
〉ほとばしらせて空気を掘らせて

〉。私が河川へ　、立ち上がり　歩いていく　。
〉岸辺にからまっている、ひとの死体　背高泡立草の根にからまる、さかなの死
〉体／鱗にはさまれ硬直している、ふなむしの死体　歯の／合間から腹を覗かせ
〉る、こうちゅうの死体　おとなの死体と、こどもの死体／が、すきまなく下水
〉管を詰まらせている／まん丸く膨れた集団死体が水門室　の赤錆にカルダン・
〉シャツを引っかけ／、半身だけを浸している　。／焼却炉あとの横金網　に
〉　父の死体がひっかかる／
〉金属の触手が、　私の死体をつかまえそこねる　。　缶を　／投げ捨てる私は、
〉とても冷静に姉の死体の顔を踏みつけ、ぎっしり浮いた死体の
〉中から私の死体を腕にひきよせ抱きしめた。なんども／なんども抱きしめ続け
〉中から私の死体を腕にひきよせ抱きしめた。なんども／なんども抱きしめ続け
〉た。〉中から私の死体を腕にひきよせ抱きしめた。なんども／なんども抱きしめ続け
〉抱きしめ／続けた　。　／
中から私の死体を腕にひきよせ抱きしめた。なんども／なんども抱きしめ続け
〉臭うコートダジュールの包装銀紙　サガミオリジナルに注ぐ辻作品・咲　／電

〉話に携帯された私の死体　。　河川の／小皺にうねっている新月、が呼応しあ
〉い私の視線を結び合う。
〉／立てた私の身体を歩ませ廃油でかたむく芒草をかきわけ、痰や尿や経血が／
〉溶けこんだ　、　かん没する郊外の無機質な始原に　河海にくもる眼窩が凝固す
〉る　。／　見ている　。　見られている　。
〉見すごしている　。
〉ペルーシュブラウンの浸透する地方言音　怠惰な9.11グリッシーニメガモー
〉ル
〉／雨粒が斜線の音をたぎらせる　すべての肉体は腐乱していない　記憶だけが
〉腐乱する／
〉。私は　産まれる前に、　ここを　選んだ
〉はは　、　も選んだのだ　選ばれたのだ　。
〉流れの澱みはコーラ缶から茶色い泡を吐いていく。ゆらされる
〉岸辺にからまっている、　ひとの死体　背高泡立草の根にからまる、さかなの死
〉手繰り寄せる筋肉のしなりで弾雨に川がはねあがる　。／はは、がとぶ　。水

〉滴が死体ごと鎖骨のくぼみまで身体をつつみ／こむ。　水を着ている　。ま
〉るで／〉　。はは、　に抱かれているんだ　。　／
〉羊水の染みを消さない瓶ジュース自動販売機　水飴を溶かしたコンタクト／レ
〉ンズ・フィルム　。肺奥の空気をこっそり吐き出し漂白された枝を姉の上に折
〉ると、／帰化する雨雲がまだらに痩せる。　私は私の死体のくうどうの／
〉目に指を突き刺す　。　／
〉頭蓋稽を続けて弾くと雨雲はちぎれた袈空が、　／
〉さかなになり、
〉嬰新月から生えた私
〉の
〉指　が
〉白む、はは　を　産みつづけていく
〉
〉
〉

〉　〈

〉

〉。　〈

》*

〉　1

〉m. to:ayamachi@ayamachi.jp　m.from:a-hirakawa@magma.jp

》「6 + 21 × 2(14 × 3 + 21 × 2)　for　a-hun No.7」

》　=　「#8」text.file for　『a-hun　No.7』　('02/02/28 02:36:29~)

》

》[#8　「090611 皿三」]〈

》

<a href="http://sns.blog.jp/s-t/public202/a-hirakawa/log/document.file/21201202">

「#8」</a>

》

「11番地」

炙りだされた遺髪シューズへ、と芽吹かなかった踵、が
、ひずむ　っ
神社帰りのプレス・ヘラルド紙（は祖父、を　、焼き上げ　、
っ　よかったね　。　噴き
だす胡麻油を露天商屋台、に吸おうか　っ
。ユニクロ・（ダウンの列が姦淫し続けている（私、は
必ず失明する　っ
、巫女の電気鉈じゃ、黄色いC-durで（エア盆栽の棚を割り　、
やぶし、てしまうだろうに（

。お前らがスマホまみれの果肉ビールを、祓いあげ（やがったんだ

未だ視える、のは殺戮でしかない　。
っくわえ煙草へ　、（
止めたのに全部きちんと研ぎ汁の中で鰈の切身をして諦めたのに
、甘い、樹液は鳥居沓脱ぎを（、
たぶらかすだけ、だ　。紙籤で研がれて（は拡がる　っ
。なじみ
など、（出来ない　。たつまき輪切り、の泣き顔、が

。もう笑っていたと思っていたよね馬鹿だね（エスカルゴ首になっ
ていくよね、揚げ（上がったまま　、ゆるい装飾古墳へ（、
っ　燃やせたら良かった　。

500銀貨と引き換えに、お前の甥（がトルネード・ポテト、を喜ぶ

、行ってらっしゃい待つよ（、

発酵ストーブ（の下へと戻ろう金詰め奥歯、は　、いったい

っ　どれだけ割り箸、に泥酔父を串刺して来（たのですか　。

メリュージュ胃袋（が3つ　　っ

の（点眼液までジッパーを下ろさせ、て祀る親族遺影に　、（

っ剝きだされ　、

葉擦れのタコ焼き鎮守（を釣るんだよ白杖まで　。おかえりなさい

おぱんぽん

っ
みたんじゃない　きいたんじゃない　かいだんじゃない　はなしたんじゃない　。
げんいんとけっかは　。　つながっていない
、けれども　2
わかっていることはかくじつに　。ある

伸びてる増えてる肌に　、と皮膚に　、と続いたまんまで留まってるのは　、
ゆがんじゃってる酸味　の　むせびと立ってる
、香辛料の破裂だ　。　ザワークラウトと粒マスタード

が皮膚の内側　っ溢された肉を、　ね
練り埋め尽くして　いってるんだよ。寝そべるシーツから、ぜんぶ見えてる、
っ海面のうなじは焼き放たれてて
蒸気の密、が盛りあがっちゃってる　っ
。　蛍光を、ぴってり貼ってせわしない膨らまされちゃう柔和　、は
すっかり　。　ほぐされ正解に、なる　。
っ積乱雲っつーかっ　入道雲っつーかっ　、ヴァイス・ビアのグラスから伸びてさ
結露をとにかく、ねんごろに着ちゃうキメ細かい泡の群れが、ね
っ　窓枠の方　っから
ぜんぶが俺へと、ぜんぶでなだれ込み、やっぱしとてもだ　。ぜんぶ美味い　っ
。胸板へ　、って、おしつけられた頬は　。すき間　2
がひとつも存在してない。
っ　意思ある　、　吃立した肉塊から　、
りんかく　を透して吸い付いてくる動悸の暴発と依存の距離、を
至極ね　っ簡単に越えていっちゃった生えていっちゃった

、お毛毛に結ばれ　、る一段落した躓きあい　に
ほぐほぐされ失墜を裏へ引いてる安堵が　。笑みに起立したのであります

僕、　が漏水しない肌　の不思議を　、
っぶらさがっては芯から焦がし　、わめいてマイユの種、から
眉間で　、確かに。噛んでいた
。母さんが読んでくれてた絵本も　。そうだ
ドイッチェラントとフライエって響きが　、残って核は増長しちゃい、
っ　ありがとう、って必ずね、寝る前の意識で放し渡せた
母さんの掌、弛む口許、　　　　　　　　　　2
っおやすみ、絵本をたたむ音質、と、もう一度　っ
かけなおしながらにじみ、出ていく明日への嬉々が　。好きだった
空想を口に素でいる　。キャベツ
それ、に腕を寄せてくれたさすってくれた撫でていてくれたもがれてくれた
。灰白の群雲、は　粒に氷晶を溶かしてみて

水塊を窓硝子に投げ落として　、きた
、液つぶてが炭酸に富む、と　　　　　　　　っ
身体が、お狐のお嫁の熟れちゃいました中、へ、
たたかれる一瞥に熱く　、小さく、望み、　まとまってしまう　、のです
っ
ぜんぼう、は　っ　流れて出すのでありますっ
。とっても先っぽから　。はっきりと　、
腕枕に立脚がはみつく埋められず、にいる欠損を、いつまで
っ孕んだまま、に歩き　続ける　。
奥まることない感触が揺れて澱へと　つきあげられていらっしゃる
。臍の緒を　、　　　　　　　　　　　　2
けって羊水をまとった一線を　っ画する安心感が　、ね
いまでも　、ひとひらもあせることなく情動をこっちり握っとるんです
。表出し続ける穴　、は埋めたい

羊水の記憶に　、帰りたぃ　。
っキャラウェイシードの香が、たぎる　。
湯気を　っ　ふかす鍋があるんです瓶にフォークが飲むんです、
っ　一部分だけが達して　、どうぞ
お口に含んで指を　。つかぃます安逸を食っても　、よかろうもん　っ
ちょっこす　っ胎芽のばくれつでござぃよ御あそこさま
、御あそこさまおあそこさまおんあそこさまっおんあそこさまささまっ
ほっぺがおっこちちゃいます、　ですぞ　っ
、あんたんえみはしっくりきちょぃま、ねぃきがふっくらしはかれちょうな
むるるうるくるるるるあっ　ぱっ　2
んん　すべて、はっ
、間違ぃようも　、なぃ。皆、がみんなだみんなだみんなで皆が　、
っ　、
ゆでぁげられた俺様との
布団、に　！　生きてく歓喜があるのだ　！

。　2

成り成りて成り合はざる処一処　。　いつどのような日にあっても私は此処です　、

つまりは、すべてで此処からなんです　。

っ殖えちゃってふくらしっぷらぶらさがっるっはじまりさんを、おったてちゃって

、止む、ことなんぞはありも　、しなぃ　。

とおく胎盤をとじた瞼に、みてぃた動かす指さき　、からはみ出した、

平安、がこぼしちゃってる癒合へと響く、ディルシード、とローリエが　。薫る

、ガラスを凸に伝ぃ　、すすんでる液筋くんはモルタルの中に　っ

こぶを流して、ね入り込んで　、

ね一気に埋まった、こごる種子へと内果皮っから、もう飲みほされてぃく

。　2

みたし　きいたし　かいだし　はなした　あとになってから　それ、は

たくさん　つながってなくても　っ

、ぃぃんだよ　2

けっかが　あれば　。ぜんぶ　わかってる　。　　っ
っ摩滅のないサッシのあたりが結球の葉序を　すぐに、も作る
問い、に泡積りは弾けるんです。　海上の背中にみつめられちゃい緑素で雲のなごり
の晶が半端じゃなくさ、　脈打っていく　っ
。胸板では狐の卵、が孵ってる　、　漬けられた峻味、は薬味に打ち上げ
唾液の根から　。きっちりっと、あたたかな粘水を引き出してった。　2
はい羊膜の中に向かって　、たくさん
、小生の一部は頑張りつづける一緒に午睡を、　つまみあう
体温の中の意識を撫でて微笑を髄から　、　引きだして、みる
欠如をちいさく埋めていく　。わたくしめっは
僕っを薄めて　っ　ついばみ存在しない平和、を食む　っ
、っ　2
っ　産み出されるのは　っね　っ
一度だけ　っ　です　。
母さんの、を通って行く時、せいきにせいきもこすれ合った

つむじからかかとまであますことなく身体中、咀嚼し通りきった　。
喉ごしも　、キレも、ばっちりっです　問いに、泡積りは、弾けっるんです　っ
尾に鋏を入れられ拭われて　、　後は
。　ぽっくり　、する　、まで　、
ただ　ただ　、苦しい　。　2　っ
っ筋になって肉に挽かれる　っ汁っけはたっぷりフランクにはグリューヴァイン　、
食卓ひっくり返して美味えうめえようますぎるようとまんねえようう
おりものの匂いが鼻端を噛む　。
っ　シーツ端の、ほどけてなぜる、糸　っ
胸板では　、　狐の卵が孵ってる　ゲネラル・プローベのヴルストなんだよ
っ照らしてみよう　。　願います、どうか　、
喜んでいてください悲しんでいてください楽しんでください怒ってみてもください
、そうして一緒に
いつまで　2
寄り添えますように　。

どこまでも、
っ
おぱんぽん、小さく噛むのでありま、す

Sanctus

残響

罅割れた皮膚になると夜は沈黙に吸収されて江津湖がなくなる。11月6日、会いたくない
土気色の洗濯ソーダが広がっているだけで、ところ　、どころっ　に椰子酒を混ぜた脂肪、
が溜まっている　。コンクリートでは水牛大黒こがねの赤ちゃんが見つかったり、点描が
ついた朱色の軟体動物の古い殻や、三本の土掻きの棘があったりもする　。
（おはよう（を、言いたかった（、
江津湖にはボートの残骸が　、かかっていて、そこから下の粉々なコンクリートをのぞき
こむと　、鞘翅類やイグサや前肢の切れっぱし、と一緒くた、になった子ども　、の姿、
が見える。そして淡水には、ぼやけた秋が、ひっそり、と　、
（また会いたかった（、のに　（

湖底に　、　映っていることもある　。みんな叔父が蜂に話してくれた。ジンヨウイチヤ
クソウを切ったり虁角シダを、　みつけたり、岩苔が特に生い茂ったところ、でも通った
ワーカホリックの叔父だ　。　いなくなる時には、乳状の避難所が粥、に来ていた　、

っ粘って（　いった膜が痒い地核たちを受け取り　（始め、て　、
くしゃみしたい
（窓の金具を割っていった音たちに（こそげ、っとら、れた
したい　、くしゃみを　、
（、きれいな肉が　（ごみくずシチュー、　の黄ばんだ骨へ　、

、
っ、うずたかく（積んだ皮（と岩穴を下りる（卵の巣ではない、けど　、
ころんで、くすぐり　、
（歯ぎしりしきったのだから落ち羽根は（　搾乳機、に、消えて
め　、が。　さめた　。

っ江津湖をごらん、とベッコウバチは、よく飛び立った。乾燥した敷地、と植物質の食糧たちと鯖のサンドウィッチだらけ、の汚らしい　、江津湖。初冬は汚れて大顎が溜まって悪臭がする。みんなで幼い丸石を湖面に投げて首切りをしたり、ちかくの小川で金属色のアオタマムシをつかまえたり、水辺で短い煙草を作っては殺したのをおぼえている。

〝〝おはよう〝と、言っていた〟　のに　、〝

さらい蜂、は罐詰のお城と干された山羊たち、は言った　。ボディバッグが、お父さん軒蛇腹が、お母さん　っ　ここに住んで　、いつまでも鮒やケルメス樫を捕って暮らす、の。

〝ああ、　もう時間なんです、ね〟

併設キッチンはレオン　・　デュフールが江津湖の話をするのを聞くのが好きだった。そして三日月で叔父の住むカーキ色仮設に遊びに行くと、おつかれさまですす腐敗しない頸節のままです、とよく言ったものだ　。それから山羊は31アイスクリームや2月やピラミッド型フレームの話をしてくれた。でも江津湖そのものにまつわる話はなく、もしあったとしても叔父がアヴィニョン・ハナダカバチ話してくれることは　、なかった　。

っ小魚の焚火の、森を（　あきらめて手漕ぎ（舟の終わり（に　、
やっと、おきられたんだけれども　、
（、体毛を穏やか（に溶かし（あっていく房の隅で　っ
（ずっと　、いつまでも、（長く
（けいれん（して流していく、
放り投げられた（　。っ球体ぐしゃみ　、（の（白川（が（白（い　、

あたらしい森林浴のラフカディオに溺死する左、眼が始まっていく。水面は消臭剤くさく輝き　、右手にはラップ袋に入れられた白米が広がっていた　。水辺では中学生たち、がポケットから蜂の片面をクリストフファー　・　ロビンに誘って遊んでいた　。腐り葉のごわごわした後ずさり、を砂だらけ、にして母虫の底のアパートメントを走らせ、水たまり、の中で卵の幾センチ、をバタフライさせて、いるシシリアぬりはなばち、たち　。

（（言いたかった　、（いつも　、（おはよう　を　、（、

階段を下りる。江津湖がなくなる00:47はヴィンセントの皮膚病に塗れた沈黙へと吸収さ
れ土は、また微笑んで、くしゃみを、した。人が本当に幼虫と、は離れてしまっていった
こと、を招き　、入れて　、いる　。
(、こわいからだよ(め(を(、さます(のは、(いつだって　、(、(、
江津湖は　、なくなる　。きたならしい灰色の双翅類たちは堆く積もって細か、な木屑の
、泥と砂地、が広がって、いる　。広がって、いるだけだ。話していたのは叔父だったの
かペニーオレンジだったのか虻だったのか、それとも華奢なマッケンジーグラスを腐り葉
で尻尾に入れた白内障のクロード・モネだったのか　。みんなで薄っぺらな白い丸石を交
互に江津湖へと投げて水切りをしたり近くのコンビニだった場所で玄関口を、捕まえたり
砂で家をつくったのを覚えている。なくなる皮膚へ、また震わせていく
(。おはよう　。

あたしの重力

あくびに飲まれる部屋の膣から低い気圧が孕まれていった。
堕ろされる度に開いたままのベランダから捨てられて
今日　、　あたしは短い月を　もらえない。
屈めた腰の深みになだれる
ペチュニアが貪婪なむさぼりを見ている
三角に、　たたんだ　せなかに
膨らみを固める体温の厚みが纏いを繋いで小さくする。
ニコレットを噛みしだいていく、と
入りこんだ夜の死骸が

詰め物の取れた奥歯に挟まって、　きて
顔をあずけた右腕、　の胸板の確かな呼応と灼いた委ねと
口腔から遮断する一切を
皺だらけにして　、
とどこおらせたんだ

あたし
を脆弱にするな　。
染んだシートをやぶして、　きちんと舌を覚えた
覚えたじゃないか
あたしを脆弱にするなよ
唾液のちいさい沫を、　混ぜ合わせた
羊水が腐る電圧に固定した、　しつように束ねたつりさげた
しめつける巾にセスタを捻った摘芽のくぼみに佼体温がある。
よくすんでいる

よくふくんでいる
。転がる
とりのこされる
膝に、倒して　潰す。
いつも
絶対　。　だけが絶対にない

負けたくなかった　。
眠気が根づまりし続ける曇り逢うレキソタンを干す
サンフックピンチに嘔吐の時間が爪で咽喉を掻き開く。
あたし　、は
。あたしが絡むままでいた　。
醜い射精に美しくつながる、結び目は粘つき
ほどけるはずない

臼歯の中で薄い3ニコレットに　腐蝕を、塗る。
抜かれた削られた神経の形に
はまった崑夜は燃やされ遺骨を
食道の粘膜に捨てる。　ペチュンのやわい葉先のたぎる
ざわめきの綿密な残灰にのぼり鮮やかな
排泄された血管を咲かせて
ひそむ　、　あたしの重力が、
棊時間を棊空間を引き寄せるんだ歪ませるんだ
忘れられていくを中絶する　。
この部屋の　、子宮から吐き出し逃れた低気圧が細い
、眠気の衛星をつかむ　かさなりあっていく黒ずむ雲焚を
伸び続ける。性器が舌ごと貫く肌の上だけに生きているしかない
くり返される行為に　。
混ざる
雨、粒をすべて鉢からはみ出した

根と根、と根と根と根と根が

振動のなかで。吸いつくしていく、

Benedictus

エコロケーションへと

「1、　対岸　」

化石した雨が止み、少年たちは素足のアボカドを履き潰して七日間の陽射し、の中へ飛び出す　。頭髪の薄さを弓形、にした甲殻類アイスの中年たちは、祀り脂を作業着からアフォガードで溶かして、こぼして　、必死になって　、追いまわし原野を踏み鳴らす。　ザムザ虫の斑点へ、と立ち止まった雲にはセミクジラが数匹、泳ぎ回る　。とてもにこやかに手を、つっこみ差し入れ豪雨の塊が　、ところ構わず哺乳類の腹まで、引っ張り上げていく。　かんだかい家畜の鳴き声が肉、を噛みちぎり　。　有色人種の挨拶、を吐瀉したんだ

(((　!・Let there be light 光ひかりhikari あれ　))
上半身を麻袋に包んだ姿でグレーヴィー・ソース産毛だけ、が無理やりベルトコンベアーに表情豊かな少年たちを一列にして、運んで、いくよ　。こんにちは！　いっせいに現出した脂おじさんやゲージ鉤はYouTubeで葡萄の咀嚼音を無限ループさせつつ小さな頭部へスタンガン電流、を　、なんの躊躇いもなく踊り　、ながら。叩き、つける　。
はみ出した腸たち、が　、うねって水生動物の背中、から潮吹きのAB型血液を積乱雲に斑紋で染める。干からびてしまったヴァニラ・チェーンに　、ぶら下がった鉤、へ幼体の踵、を引っ掛け吊るし中年達は単調、に肉切り出刃で　、捌く　。　小顔だ、ね
(((　テレスコーピングは　！　赤色で　))
ざらついた皮膚、と細い骨の感触が手軍手ごし、に伝わってくる　。子宮の血の海へ戻るスキンシップだ3人目の少年がコンベアの端に近づいて、くる　。鯨偶蹄目の雲は、雨は雪は、お外の肉食コーヒー付きだよ　。すっきり爽やかエナメル靴の屠畜でGo！　頭を下げて水を汲んで（それ（から（
それから初めて、それから、を始める　。

#「2、対岸」

はじけてしまう成型の水は鳴き声が太い
だから
透めいに抱えた鮒たちを錆びつかせてしまう

噤んで殺した息の
切り刻まれていく空き瓶の音が土壌だった
耳が
いたい

私はレトロ・ミュージアムにいて

しめったカフスの回転が鳴らないように踏む
なまぬるい
羽化する前の景色たち

ならったとおりの枕もとに首をしずめる
瞬き
をするたびに歯が抜けては溶けていく

かえさないままで鳴り響かせたい
汗を薄く
ごみ収集車に鯉の親子を滲ませる川面の夜に
平らげてやってしまおうか

ふさがれていた水溶性の古物商たち
渇き口が

よびかける
何処かに地割れたままの側頭部はいませんか

藻に絡まった蛍が
やっぱり
歯ぐきを落とすのは水鳥たちに映されたから

そして次々と魚の群れが飲みこまれていく
小さな耳と
おさなかった私の
コンクリート欠片は曲がっていった
うつくしかった砂利の弦へ
底から色彩を帯びていく川のうえに砕ける

「　3、　対岸　」

繰り返す　、　さようなら、は醜い　。食卓を用意する中年男性のまま、で雲、から降り落ちるシロナガスクジラが地面に当たっては月長石の染み、　を丸めていく　。七夕のカフェで、待ち会いたかった、な　。けぶらせた三角標の列をバンズで燃やし合っていた　。屠った子ども、はVR動眼のギアボックス笑顔を　、ジューシーなパティにし手を振り続けている。ぎっちりと黄金のチーズへ　、　手を合わせる　。いただきますって嬰児に　、ほじくり出された大好き、を伝えていたのに顔、を埋め、たかったペットボトルたち、へ

(((　!・fiat lux そして et facta est lux 生まれた光、が　))

おずおずと伸ばした両手が、　真ん中の少年ひき肉パティ、を愛撫するんだ顔ごと突っ込んでいくんだ、よ　。アルコール豊胸だった、からトルネコが売ってた遺品を食べよう、お母さん　。いなくなっちゃった育て続けた子ども、に麦畑グリドルの香ばしく焼け上がって、いく皮膚へ　、唾が轢断されつつ、後から後から途切れなく湧く　。　いただきますシリ

ンダー少女たち数人と　、一緒に炭火で炙った腿肉を食いちぎる、とグレゴール生焼けの肉から　、舌と同じ味の肉汁が　。ほとばしり出て母たち、は恍惚となっていく、のだ　。二階の窓は開いてラミネート加工の子クジラの群れ、が冷却されて粒だった雨、を打ち鳴らしては、血だまりを芝生の丸みに　、輪を描いて染み込、ませる　。その煮しめきった古繃帯の焼き加減に　、歯触り、は苦悶していく髄喜、して、いく　。どうして（（　ローラシア獣上目が降れば　！　朝だ　））見ていただけだったのかもしれない醒めた後には舌端、と鼻に残り続ける、　かぐわしい生焼け解体少年の肉種　。　中年男性の薄らっぱげ、が生き残っては半笑いでスコッチ着色をしていく　。鯨（は弱者だ殴り倒す正義だ雨だ（ほら（雨

　また会いたい　、に会えたら良い　。

Agnus Dei

しんじつ君日和

。
login → click ≫ @
<a href="http://sns. jp/sinji-tu/top-plofile/ID=202">
しんじつ君日和 ('11/03/11 02:36:29~) </a>
≫
≫s.b.「しんじつ君日和」
≫　s.b.name: しんじつ君　…　アバターー未設定
≫　九州（熊本） 1979年7月9日 事務所員
≫ [「ブログ詩を書きます。感想いただけたら嬉しい
≫　です。」]　s.fb.frend数-187名
≫ Copyright (C) 1995- sns.fb, Inc. All rights reserved.

。
≫ *
<a href="http://sns.fb.jp/s-t/20110311">「#1」</a>
〉
〉#2 「三月下旬にはリゾット」 〈
〉
〈
〉 リゾットを食べれば、一日中、良いことがある。私は
〉そうだと確信していた。
〉 休みの日は、とにかく満たされた気分でいたい。余寒
〉の隙間を千切り続けた温気は膨れ、春が肌に深くなる。
〉今日は暁を覚えず眠り込み、布団の中で満たされようと
〉固く決意していたのだけれど困りましたね。無理みたい

>だ。昨夜から、書けそうで書けない詩が、頭の中を暴れ
>まわって全くもって眠れやしない。一連がまとまり崩れ
>て、それが続いて、睡眠は私を見放している。布団を被
>るということが、苦悩を被ると同義になる、こんな時は
>そうだ満たすべきものは胃袋だ。そしてそれはリゾット
>で為されなければならない。生まれる前から絶対的に、
>そうあるべきだと決まっている。よし、昼食は路地裏の
>イタリアンレストランでガッツリ食べよう。お勧めメニ
>ューには目もくれずランチタイムで少しお得なリゾット
>セットをコーヒー付きで注文するんだ。八重歯を人なつ
>っこく剝く、マスターに「コーヒーはホットで。食後に
>ね」滑舌よく頼み終えると、お冷やのグラスへ唇を寄せ
>る。漂い始める、熱したオリーブオイルの香り。お冷や
>で喉から飛び出た逸った、気持ちを、飲み込んでみても
>既に遅い。とうの昔に私はもう、手足が生えた食欲だ。
>上顎をコンソメスープで熱して一気にフレッシュサラダ
>で冷やす。瞬時に口内の粘膜が震えパルミジャーノたっ
>ぷりのリゾットは、膨らみ、鼻腔へ香りを押し拡げる。
>お米一粒一粒を、舌で掻き分け味蕾の溝に、溶けたチー
>ズの感触を確かめ、味わう味わう味わう味わう食う食う
>食う食うむさぼり食う。すべてはスプーンから始まる、
>噛み砕き、飲み狂う快感。私がリゾットを食べている間
>は宇宙に何が起きても平気だ。
>　八重歯が心地よく照る笑顔を、背に受けながら、店を
>出る。美味かった。うん。コーヒーの温度も絶妙で、想
>像以上に満たされた。うん、実に。うん。しかし、ね、
>困ったや。少しの眠気が太って来て、また、まとまらな
>い詩が暴れ始める。布団被って眠りたいな。苦悩被って
>無理かもな。確信を抱く深い春の中、私へ、不安が渦巻
>き伸びる。一日中、良いことがある。そのはずでしょう
>よ。もっと、頑張れ。どうしたリゾット、もっとだ頑張
>れ。詩には負けるな眠らせろ。
>　　　　　　　　trackback (0) | comments(2)
>>＊
<a href="http://sns.fb.jp/s-t/20110529">「#26」</a>
>

#26 「五月末日の九州でカシスシャーベット」

気温が三十一度を超えるとカシスシャーベットの前、人は無力だ。溶け込み喉を滑る安堵に、しみじみ思い知らされた。

速まり続ける季節の足は、初夏を瞬時に追い抜いて行き、仲夏と空気を重ね始める。今日は、いきなり暑すぎだ。そして、あまりにツイていない。事務所の半分開いた窓は、風より温さを運んでくるし、お昼のボロニアソーセージ二つは、皮が、どちらも破れていたし。おまけに今、眺め迷っている喫茶店のメニューは分厚く全てが美味しそうで一体どれを頼めば良いのか、私の悩みを増大させる。詩の輪郭をまとめようと、入ってみたのだけれども、ね。そんな場合じゃありゃしない。しかし、風にも焼きソーセージにも、安心出来ない社会だなんて残酷過ぎるよ。安心したいよ。「本日のお勧め」に賭けてみよう。マスター、カシスシャーベット一つ。

カウンターの奥で、ひんやり拡がる空気が咲いた。灰色に照る口髭へマスターはたっぷり笑みを混ぜ込み、ひれ伏すしかない清涼を少し急いて運んで来る。これは当たりだ大当たりだよ。安心はここにあったんだ。発汗しまくる手の平の中へスプーンは冷気を握り込ませる。頬張ると一変する景色。弛む口内、端から酸味は崩され、ほろほろ溶け込む唾液の奥に。弾んだ舌が浸される。賭けてて良かったよ。大成功だ。滑る安堵に確信するのだ間違いない。カシスシャーベットは今、世界の頂点に君臨している。

少し体温に温んだスプーンを、お皿に置いて、息を吐く。どうも、ごちそうさまでした。うん。マスターありがとうございます。うん。気温にも風にも焼きソーセージにも、その他諸々多くのことにも、本日のお勧めは圧勝だったね。うん。詩の輪郭は、すっかりと溶けて、熱気の中へ消え去ってしまう。店の外は相変わらず三十一度を超えたまま、私は満ちる安堵に頷き、心地よい無力へ、どっぷりと浸かる。まあとりあえず、シャーベットが溶けないで良かった。最後まで美味しく食べることが

〉出来、私はとても幸せだ。嬉しいとしか、言い様がない
〉よね。溶けたのは、詩だけでツイてるね。万歳。
〉　　　　trackback (0) | comments(11)
〉〉Commented – 8 by __ at 2011-05-29 12:31 x
〉〉　　　ツマンネ(=゜Д゜)〈
〉〉Commented – 9 by __ at 2011-05-29 12:32 x
〉〉　　不謹慎あやまれ(=゜Д゜)〈
〉〉＊
<a href=”http://sns.fb.jp/s-t/20110613”>「#40」</a>
〉
〉#40　「締め切り直前のアンパン牛乳」　〈
〉
〉　ワラをも摑む思いだった。新聞配達の自転車がまだ、
〉重さにぐらつく早朝のことだ。
〉　止んだ梅雨は冴え始め、怠惰を満たした曇雲が、抱え
〉る雨粒に肥大していく。〆切は今日の十七時半だ。三ヶ
〉月前からその現実が、速度を変えずに迫って来ている。
〉それだというのに実にヤバい。ディスプレイの原稿は、
〉一点の汚れも無く照って、相も変わらず真っ白だ。時間
〉をいくら経てみても、清く、純白なままの原稿。見入れ
〉ば見入るほどに、美しい。このまま提出してみましょう
〉かね。けれども出来ない自分が好きだ。小腹もだんだん
〉と空いてきたし早く書かないと不味いことだし。うん、
〉そうだ。うん、これはワラを本当に、摑んでみるしか道
〉はない。しかし部屋中あさってみても、勿論ワラなどあ
〉るわけがない。さて、いよいよ困ってきましたね。私は
〉どうすることも出来ずに、戸棚の右隅でぼんやりしてい
〉る、アンパンの袋を摑んでみた。
〉
〉　湿気る指を滑らせてみる。四日後の賞味期限日を刻ん
〉だ、印字がセロファン袋に照る。ライターで少し熱した
〉ナイフを、パンの横から一気に刺し込む。そのまま切り
〉込みを一周させて、パン生地を上下に二分する。年季の
〉入ったオーブンレンジに、アンコたっぷりの下生地を入
〉れる。トーストモードに設定した後、スタートボタンを
〉強く押す。小型冷蔵庫を開けて、中からパック牛乳を取
〉り出す。口を開いてカップへと注ぐ。薄茶色無地のマグ

〉カップ。これで飲むと、全てが美味しい。チーンと鳴っ
〉たら熱さに取り出し、上生地を重ねてアんぐり頬張る。
〉しっとり歯茎は撫でられていき、間発入れずに沸き立つ
〉甘さが、鼻腔の奥へと浮き上がる。一くち牛乳を含んで
〉みれば、甘さが調整されて淡い。絶望的に拡がる美味さ
〉身体中を満たす恍惚。噛み締める度に至福が立って、口
〉内の風味へ私は叫ぶ。アンパン牛乳は朝の奇跡だ。
〉 抱えきれなくなる雨雲が、次第に粒を溢していく。部
〉屋は、梅雨の音で飽和し、ぐらつく自転車は遠くへと去
〉る。アンパン牛乳も胃の腑に消え去り、残ったのは、原
〉稿だけだ。見入らなくても、相も変わらず真っ白で、ぅ
〉ん。どうしましょうかね。美しい。
〉 trackback (6) | comments(173)
》Commented – 1 by __ at 2011-06-13 11:47 ×
》 ツマンネ(=゜Д゜)〈
》Commented – 26 by __ at 2011-06-13 11:56 ×
》 いや朝の情景が伝わってきて俺はコレ見直したぞ〈
》Commented – 27 by __ at 2011-06-13 11:57 ×
》 不謹慎あやまれ(=゜Д゜)〈
》Commented – 61 by __ at 2011-06-13 14:12 ×
》 西日本の奴らは呑気に食えてんだな[s:316]〈
》Commented – 126 by __ at 2011-06-13 23:53 ×
》 アンパンってスゴクね?うめーわ!≡^ε^)≡!〈
》Commented – 172 by __ at 2011-06-30 01:42 ×
》 ツマンネ(=゜Д゜)〈
》Commented – 173 by __ at 2011-06-30 02:16 ×
》 不謹慎あやまれよはやく(=゜Д゜)〈
》＊
<a href="http://sns.fb.jp/s-t/20110709">「#77」</a>
〉
〉#77「せんせい、あのね」
〉
〉 今日わたしは、いもじょうちゅうのロックを、すごく
〉たくさん飲みました。とても、おいしかったです。
〉 おつまみには、とんわさを食べました。とんわさは、
〉たくさんのダイコンおろしをワサビとまぜて、とんかつ

＞の上にのせたものです。あっさりさっぱりと、食べるこ
＞とができるので、わたしは、とても大すきです。
＞　ねっちゅうしょうにかかる位に、さいきんは、とても
＞あついです。だけど、わたしは、とてもとてもがんばり
＞ました。そしたら、なつがれとか、なつバテとかいうも
＞のになって、元気がなくなり、とてもたいへんになりま
＞した。元気が、ないので、いらいされた詩が、かけませ
＞ん。ブログ詩も、なかなか、かけません。わたしは、と
＞てもこまりました。こまったので、くまもとにすんでい
＞る、てんさいイラストレーターの、北村なおさんにでん
＞わをかけました。でんわをかけて、そうだんしようと思
＞ったのです。北村さんは、わたしの詩を、むかしから、
＞よんでくれています。わたしは、北村さんを、とても、
＞しんようしています。
＞　もしもし、とわたしがいいました。もしもし、と北村
＞さんもいいました。わたしは、こまっていることを、そ
＞うだんしました。すると、北村さんは、たくさん話をき
＞いてくれて、だいじょうぶだよ、といいました。いらい
＞された詩もブログ詩も、げんてんにもどって、子どもの
＞ときみたいに、すなおにかいたらどうかな、といいまし
＞た。わたしは、北村さんは、あたまがいいな、と思いま
＞した。わたしは、ありがとう、といいました。北村さん
＞は、どういたしまして、といいました。
＞　うれしくなったので、わたしは、とんかつを、かって
＞きました。そして、とんわさをつくりました。しょうゆ
＞をかけて、おいしいなあと、いいながら、いもじょうち
＞ゅうのロックを、すごくたくさんのみました。とても、
＞おいしかったです。いもじょうちゅうは、せかいへいわ
＞だ。そんなふうに、思いました。それ位、おいしかった
＞のです。
＞　ブログ詩は、すなおに、かいてみました。いらいされ
＞た詩もいっぱい、これから、かきます。北村さん、お
＞れいをいいたいと思います。北村さん、どうもありがと
＞う。
＞　trackback (17) | comments(486)
＞＞Commented – 1 by __ at 2011-07-09 01:27 x
＞＞　ツマンネ(=゜Д゜)〈

〉〉Commented – 38 by __ at 2011-07-09 02:44 x
〉〉　コイツが馬鹿ということだけは分かった〈
〉〉Commented – 231 by __ at 2011-07-09 16:21 x
〉〉　お前なんなの糞なの氏ぬの？≡＾ε＾）≡？〈
〉〉Commented – 426 by 竹下春香 at 2011-07-09 23:53 x
〉〉　東日本の私に謝ってください。〈
〉〉Commented – 431 by 神 at 2011-07-10 12:39 x
〉〉　そもそもw「しんじつ君」ってww キモw〈
〉〉Commented – 479 by __ at 2011-07-11 11:57 x
〉〉　土下座しろよ不謹慎あやまれ(=゜Д゜)〈
〉〉＊
<a href="http://sns.fb.jp/s-t/20110812">「#81」</a>
〉
〉#81「八月周辺のオリジナル・チャイ」〈
〉
〉　そして私は、カルカッタへとオリジナル・チャイを飲
〉みに行く。打ち水が雲を沸き立たせる今日、つまり全て
〉は、そういうことだ。

〉　汗ばむ法師蟬の声が、盛夏に酷暑を太らせ続ける。毎
〉年この時期は全て同じだ。突発的に、とりあえずインド
〉方面へと行きたくなる。クーラーと同棲する生活は、喜
〉色満面痛快無比な賞賛四文字熟語の嵐で素晴らしい、と
〉しか言い様がない。テレビのリモコンを拾い押しても、
〉ゴディバ・チョコに頰を膨らませても、クーラーはいつ
〉でも私を抱き締め肌を柔らかに撫でなぞる。けれども、
〉一体なんなんだ。確かに拡がる空虚な感じは。書く詩も
〉虚ろなものばかりだし、生活環境人生観を沐浴でもして
〉変えてしまいたい。しかし、インド方面へ、行くだけの
〉余裕は全く、ない。インド・ネパール料理専門店「カル
〉カッタ」へと、行くしかない。南坪井から小国に移店し
〉閉店してしまったけれども、今日は想像してでも行きた
〉い。だって、あの店が一番美味しい。
〉　カウンターに置かれた切株に座り、跳ねるシタールの
〉響きをかき分け料理プレートを直に受け取る。「チャイ
〉はホットで食後だったね」眼鏡を少し曇らせながら、マ
〉スターはにっかり声を投げてくる。そうそう食後、オリ

〉ジナルの方で。サフランライスにダルスープをかけ、暗
〉緑に深いホウレン草カリを、混ぜ込み右五指それぞれで
〉こねる。指の合間から質感が来て、励起し鋭敏に舌を絡
〉め、旨味の珠玉が膨らみ弾ける。小腸からの興奮が、軟
〉口蓋を突き抜け、そこへと、スッと出されたチャイ。一
〉口飲めば笑みだけの破顔となり、やはりそうだ。そうな
〉のだチャイは、現世唯一の安楽だ。
〉　音を荒くした打ち水が、私の意識を引き戻していく。
〉絡みつくクーラーの腕は、どんな同棲相手よりも、冷た
〉い。カルカッタは温かかったな。カルカッタと同棲した
〉いな。充実している生活の中を、空虚な感じがまた増し
〉てくる。そうだ詩を書こう。チャイを飲み干す作品を書
〉くんだ。傑作になるぞ。大傑作だ。テレビのリモコンは
〉片付けて、ゴディバの甘さを確かめる。現実はそんなに
〉甘くなく、クーラーに虐ろな、詩が出来上がる。うん。
〉雲が続けて沸き立つ今日、やはり沐浴するしかないね。
〉蟬の声がひとつ、そばで膨らむ。
〉trackback (14) | comments(1103)

〉〉Commented – 1 by __ at 2011-08-12 14:34 x
〉〉ツマンネ(=ﾟДﾟ)〈
〉〉Commented – 22 by __ at 2011-08-12 15:02 x
〉〉クーラーで涼めて良いご身分だこと〈
〉〉Commented – 81 by __ at 2011-08-12 19:21 x
〉〉お前さっさとボランティア逝けよ[s:316]〈
〉〉Commented – 126 b y __ at 2011-08-12 23:53 x
〉〉店kwsk! ≡＾ε＾)≡ ! 〈
〉〉Commented – 127 by __ at 2011-08-12 23:54 x
〉〉⇒ggrks!(=ﾟДﾟ)〈
〉〉Commented – 129 by hajime-saitou at 2011-08-12 23:56 x
〉〉あの、ggrksって、どういう意味ですか〈
〉〉Commented – 126 b y __ at 2011-08-12 23:57 x
〉〉⇒ググれカスだろwググれよw ≡＾ε＾)≡w〈
〉〉Commented – 436 by __ at 2011-08-13 02:16 x
〉〉不謹慎あやまれよはやく(=ﾟДﾟ)〈
〉〉Commented – 633 by __ at 2011-08-13 05:43 x
〉〉土下座の写真アップしろ(=ﾟДﾟ)〈

》Commented – 851 by ＿ at 2011-08-13 11:47 x
》　ツマンネ(=゜Д゜)〈
》Commented – 911 by ＿ at 2011-08-13 13:52 x
》　土下座しろよ不謹慎あやまれ(=゜Д゜)〈
》Commented – 1079 by ＿ at 2011-08-13 19:04 x
》　土下座しろよ不謹慎あやまれ(=゜Д゜)〈
》Commented – 1101 by ＿ at 2011-08-13 21:16 x
》　土下座しろよ不謹慎あやまれ(=゜Д゜)〈
》 ＊
<a href="http://sns.fb.jp/s-t/20110814">「　」</a>
〉「●　」〈
〉〈
〉[＃ＩＭＡＧＥ|ｅ００２３５６４＿１２８２９６９.
jpg|2011/64/|mid|346|377#]
〉　trackback (891) | comments(102549)
》Commented – 139 by ＿ at 2011-08-14 23:02 x
》　!!タイ――――||Θ|(|´|Д|`|)|Θ||――――ホ!!〈
》Commented – 1436 by ＿ at 2011-08-15 08:01 x
》　!!タイ――――||Θ|(|´|Д|`|)|Θ||――――ホ!!〈
》Commented – 2242 by ＿ at 2011-08-15 14:20 x
》　!!タイ――――||Θ|(|´|Д|`|)|Θ||――――ホ!!〈
》Commented – 6709 by ＿ at 2011-08-16 10:08 x
》　!　!タイ――――||Θ|(|´|Д|`|)|Θ||――――ホ!!〈
》Commented – 20362 by ＿ at 2011-08-21 06:06 x
》　!!タイ――――||Θ|(|´|Д|`|)|Θ||――――ホ!!〈
》Commented – 38537 by ＿ at 2011-08-24 12:46 x
》　!!タイ――――||Θ|(|´|Д|`|)|Θ||――――ホ!!〈
》Commented – 96053 by ＿ at 2011-08-30 20:38 x
》　!!タイ――――||Θ|(|´|Д|`|)|Θ||――――ホ!!〈
》Commented – 96054 by あぼーん at あぼーん
》　あぼーん〈
》Commented – 100001 by あぼーん at あぼーん
》　あぼーん〈
》Commented – 100183 by あぼーん at あぼーん
》　あぼーん〈
》Commented – 102549 by あぼーん at あぼーん

》　　　　　あぼーん　〈
》＊
<a href="http://sns.fb.jp/s-t/20120529">「#82」</a>
〉
〉#82「梅雨入り手前のスリランカ・ランチ」　〈
〉
〉　五月も下旬なのだからスリランカ・ランチを食べ
〉に行きなさい。これは小さく命令だ。従えば救われ
〉てしまうんだ。全員が簡単に、そんなにあんなに、
〉つまりは強靱な答えなのだ。
〉　入梅までの晴天を伸ばし除湿で足りない腐暑が湧
〉く。眼・肩・腰を、ねじってゆがめる気圧の肉は低
〉めに粘る。この頃の鬱は、すくすくと生える。早い
〉んだよね本当に実に。情報を巡っていく環境がweb
〉空間の性能向上と普及に伴っちゃって日常的機動性
〉を加速させているからなのかな。右ポッケから出す
〉フリスクが先月までは最強の存在だったというのに
〉さ。もう、四粒ぐらいじゃぁ、ねぇ、うん。根っこ
〉に押され私は、職場仕事の沼で溺れて四ヶ月目だ。
〉ちょっぴり開いている青ブラインドとサッシ窓の強
〉化ガラスが、水平と垂直を強調してね、沼地は肥え
〉てくわけです。潰されていく船虫のシミですらない
〉労働する自己自身を認識しながら、とりあえず先ず
〉は目の前を片付けないといけないのは分かっている
〉のだけれども、うん。なんで思考が詩とかに傾いち
〉ゃうかな。昨夜の睡眠時間を殺めていった作品対峙
〉は未だに膨れて、続いて終わってくれそうもない。
〉頭蓋内で相も変わらず自作創発は速度を増す詩誌
〉の詩集の詩サイトの篇篇潜水は更なる深化を遂げて
〉いくし。今日の休憩時間仮眠も残務と傾推覚の両郭
〉に、ほらもう殺害されてしまった。職務中ずっとに
〉らめっこしている液晶画面のインターフェイスを繋
〉いでる電子ツールが前提条件に組み込まれちゃった
〉社会で言語様相は新たなる主客体領域を構築したか
〉らね。事務職編成ファイルを開いているのに脳梁で
〉明滅する詩の感触は調性移動っていう変容しきった

〉様式形態自体の仕組みと運動量を体験しちゃってる
〉ってことなんでしょうね多分おそらく。最近、関係
〉している投稿詩サイトで詩誌初出の作品投稿が増加
〉してたり、あの版元の詩集が丸ごと一冊もちろん作
〉者本人の手によって投稿されていたりするし。全否
〉定・部位肯定・含意包括いろいろ意見あるみたいだ
〉けど領域往還の非拘束性は果てしないんだから意識
〉が多重に高速化するのも仕方ないのかな。ああ思考
〉が事務から逸脱していく困った。葬沼地がより肥え
〉ちゃうよ。とりあえずって、マスカットミント五、
〉六、八粒、噛んでみたけど、やっぱり爽快なのは口
〉内だけだよ。このまんま事務所に居続けたら濁った
〉水と泥んこで即、息絶えちゃうよ。逝っちゃうよ。
〉行っちゃいましょうレストラン・スリランカ下通り
〉店へと即。
〉　階段を上る毎に香りの濃度が色合いを変える。回
〉転を加えた民族音楽が身体を店の輪郭にする。荷物
〉を置いて席に座ると立たされるんだ人生の岐路に。
〉チキンにすべきか今日もベジタブルでいってみるの
〉か瞬発的な脳内苦行は一気に境地に達してしまう。
〉開いた悟りで「ベジタブルの方を」声色は穏やかに
〉注文を渡して始まるんだ。お冷やで水分をいきわた
〉らせたらサラダがそらもう体内だ。カレー食器が調
〉理場で鳴る。鼻腔へとフライングで入り込む香束の
〉勢力に全力で摑むスプーンでサフランライスを突き
〉崩し挑む。口内の範疇をまるで無視した灼熱が怒濤
〉に噴火する。上顎骨も口蓋骨も消し飛び辛さで覚醒
〉させた全感覚が旨味という媒介に沸く。未知なる歪
〉曲の領域の享受は止まらない。真暗な凝固する細胞
〉の代謝は晴れるし脳髄の混濁は取り出し洗い流され
〉根付いた悪寒が引っこ抜かれる。もっと食いたいよ
〉揮発しますよ。摂理だスリランカ・ランチとは。充
〉ちる口蓋粘膜から突き詰めた、積み重なる人類の進
〉歩と調和を蹴散らす本能解放地区なのだ。
〉　木枠窓から低い陽が投げられては澄んでいく。向
〉こうの沼地は消えることなく店内の浮き出る笑みは

〉照る。呼応する、にっかり笑顔で運ばれて来る独特
〉のアイスの軽い食感で、徐徐に平静を取り戻してい
〉く。ああ、うん。汗だくの、陶酔だったね。うん。
〉凄かった。次元が違う。味わいがどうのとかじゃな
〉い。美味かったとかじゃ済ませられない。そんなも
〉んじゃないね、凄い。多様化の過程言語だとか傾い
〉てた思考方向も吹っ切れ、私が迷妄の一切を断つ。
〉BGMの倍音に、歩幅を合わせて敢えてホットを避け
〉てみた、セイロン・ティーが運ばれて来る。グラス
〉に張り付く礫を撫でると、ひゃっこくって、どひゃ
〉っこくって、照り行く理性が確かになる。握悟しつ
〉つストローに吸いつけば、まだ口の中で立っている
〉ココナッツとカルピンチャの香りへ吐息が戻り何度
〉も、何度も擦られる。引っこ抜かれた茸悪寒を背に
〉して生え続けていく鬱の樹は、一点のほのめきから
〉炎上に盛る。湿度の湧水を消し去る業火だ。炭に空
〉洞に挿す転換だ。従って良かった。救われちゃった
〉ね。テーブルの皺で陽光が座る。店内の皆が船虫を
〉凌ぐ陽光の圧に、揉み解され増していく笑顔でしか
〉ない。ああ、もう今日は大丈夫だ。戻ってちゃっち
〉ゃと片付けちゃおう。片付かなくとも些細なことで
〉す。ポッケで、フリスク容器が鳴る。泥まみれのブ
〉ラインドの中、溺れる明日が生えて来る。詩とか考
〉えるのかな、明日もやっぱり。膨大な処理能力が個
〉人に最適化されて構成言語は作品から公器と行為
〉を既に攪拌したんだ。開墾されてるデジタル空間内
〉でアナログ空間との時間循環を協働させちゃった表
〉出文字の綴りは客観的背理にある深遠な抽象無限と
〉主観操作に相互結節してるんだ。でも再現表象の錯
〉誤とか媒体類似の延長なんてどうだって良い。そん
〉な話じゃ済ませられない。そんなもんじゃない凄い
〉よ。凄いんだよ。しみじみと、ね。だって詩なんだ
〉もん。うん。実っては落ちる梅の果肉が雲に巣食っ
〉ている今日、多元現実の秩序自己は志向する知覚装
〉置を介して次は取りあえずチキンでいこう。そう、
〉これだけは答えで強靭なのだ。

〉　trackback (12) | comments(2033)
》Commented – 1 by __ at 2012-05-29 16:02 ×
》　ツマンネ(=゜Д゜)〈
》Commented – 37 by __ at 2012-05-29 18:24 ×
》　1年ちかくしてから新記事アップとかww〈
》Commented – 38 by __ at 2012-05-29 19:21 ×
》　マジ1年とかwwどれだけチキンwなんだよw〈
》Commented – 42 by __ at 2012-05-29 20:47 ×
》　とりあえずチキンでいこうww〈
》Commented – 147 by __ at 2012-05-30 03:11 ×
》　そうですか自分は熊本でメシウマですか〈
》Commented – 148 by __ at 2012-05-30 03:12 ×
》　「しんじつ君」＝「平川綾真智」!≡^з^)≡!〈
》Commented – 127 by __ at 2012-05-30 03:13 ×
》　⇒ちょっw　ガチじゃねえかw≡゜з^)≡w〈
》Commented – 291 by __ at 2012-05-30 10:52 ×
》　まとめサイトから来ました。誰か3行でヨロ〈
》Commented – 126 by __ at 2012-05-30 10:53 ×

》　⇒メシウマ平川の住所特定!w≡^з^)≡w〈
》Commented – 436 by __ at 2012-05-30 10:53 ×
》　⇒マジかよ凸かよ超wktk!w≡^з^)≡w〈
》Commented – 633 by __ at 2011-08-13 05:43 ×
》　そもそも反原発の詩を書けよ(=゜Д゜)〈
》Commented – 127 by __ at 2012-05-30 03:13 ×
》　住所IPからハックしますんでw≡゜з^)≡〈
》Commented – 851 by __ at 2012-08-13 11:47 ×
》　ツマンネ(=゜Д゜)〈
》Commented – 911 by __ at 2012-08-13 13:52 ×
》　土下座しろよ不謹慎あやまれ(=゜Д゜)〈
》＊
<a href="http://sns.fb.jp/s-t/20120602">「#83」</a>
〉
〉#83「梅雨入り日の白肉焼肉」〈
〉
〉六月に密着しきった嫌悪は、炭火ホルモン白肉焼肉そ
〉れだけが必ず剥ぎ捨てる。確かなんだよ、あまりにも。

〉裏切りなどはあるはずもない。
〉　アスファルトから蹴られた湿度が、向暑に垂れる雨催
〉いを抱く。そして硬めた量感に当たる気圧は梅雨を削り
〉出す。事務所を、久びさ定時に出られて今日この帰路は
〉祝福すべきだ。間違いはない。間違いはないよ。間違い
〉はないんだけれどもね。なんなんでしょうね一体全体。
〉福音は響かず夕方が重い。車体の中で満ちた気分は搔き
〉粘ついてライトが低いし。サイドミラーの視界を叩く、
〉熱中症をくるむ雨粒にハンドルの切れは悪いし鈍いし。
〉出してみた右折のウィンカーにも私の人生で一二を争う
〉緊張感が、どうしても走る。帰ったら書こうと浮かんで
〉いる詩もねっちょり音を続けて立てて、粘着の輪郭を中
〉で持ったし、まいりましたね本当にこれは。せめて夕食
〉では祝福を、この世の喜悦を噛み締めなければ。ライト
〉が看板をチラッと照らす。なるほどね。よしよし分かっ
〉た。白焼肉屋へと、入ってみようじゃないですか。
〉　自動ドアが瞬間動き、店員全員が一斉に叫ぶ。向けら
〉れる歓迎の疾走ですぐさま、羽織る空気は凝固する。当
〉たりだね、うん素晴らしい。やっぱ当たりですよ、こり
〉ゃ素晴らし過ぎます。散々悩んで注文した後カウンター
〉から安堵を受け取り、息にした今日を深く吐いてみる。
〉すっかり弛んでしまった顔をオシボリの温かいへ埋める
〉と、これまで一日の表情は全部、乳白に照った布地へと
〉落ちた。テーブルは黒ずみを飲んでいる。滲む七輪の灯
〉でそのまま、染みの歪を眺めていると、来たよきたよ来
〉ましたよ。大皿小皿さまざまに。センマイ刺しを辛味ダ
〉レに、平静を握ってとっぷり浸せば頭蓋が唾液で満たさ
〉れる。もう頭蓋は唾液だ。唾液は頭蓋だ。炎舞を擦る網
〉の上、ミノサンドはじるじると鳴き外耳から鼻孔に留ま
〉った。留まらないのは理性だけ。臼歯が鼓舞して擦り合
〉う中を肉汁の躍動が流れ出す。口腔に確固と芽吹かせる
〉んだ完全な狂気を。丸チョウに胃壁を摑まれた時には咲
〉ききっている本能の奥が羽織る凝固を一粒ひと粒、残さ
〉ず丹念に剝がしていく。一箸一箸が実るんだ。砕いた繊
〉維は小腸のヒダに嚙みついてきて一体化する。そして今
〉笑みしかない表情が、愛と平和だけを心中へ散華し絶頂

〉を保ち続けてしまう。達し続けてしまうのだ。白焼肉と
〉は、歴史に残された唯一の希望なのかもしれない。
〉　穴を二つ弛めたベルトに両手を添え、車のシートへと
〉身体を預ける。顔は至福でニヤけぱなしだ。美味かった
〉なんて言葉じゃ足りない。官能だったね。耽美だね。地
〉球上に産まれた幸福それらの十割を間違いなくね、噛み
〉締められたね。食い付くしたね。やっぱり∞髑・A
◆・〉s“.凹続g !B父÷〉0ょ◆・【菌ы・◆A相Bw t！
叩÷滞・〉e健蕨◆・qyVyVs`s`“”D’†“¢¢
(C)(C)“”Cw“(R)(C)“”±|”@“““”C▪(C)。¢¥“▪
C“”‘r[¥}jL…Aw[@…’u¢d¢B@(C):“”‰@‰
@(C)‰@…Ej‡“ń¬ŐŠŚąŃü》
ŃÇüŃâĆŃâ|ŃéÁŃâáŃü¬ńĆőń||ŃâóŃâĆŃâóŃâĆň
▒ŃÇçŃüĽŃéô、¬ŧń¬ąńŞőŃÇüŃâĆŃâ|ŃéÁŃâá、
¬ëŃüźŃüĄŃüäŃüŽŠŤŞŃüčŃüäŃüĘŞÇŁŃüäŃüźŃüÖŃÇé
ŃâĆŃâ|ŃéÁŃâáŃüĽŃéôŃüźńŧŁŃéüŃüŽŃüŐń¬ ÜŃüäŃüŚ
ŃüčŃü《
Ńü》4ň┬┤ ňëŹŃüžŃüŚŃüŽŃÇüŃüŁŃü《ÚáâŃü》
ŃüéŃéôŃü¬ŃüźŃüźŃüŽŃ
〉　無かった裏切りにレジで貰ったカシスオ〉〉error
〉ランジュキャンディを頬張り、また胃の腑の奥からニヤ
〉けを転がす。雨粒の横殴りに強まって、それでも走り出
〉していくライトは胸を張りどこまでも高い。ミラーは熱
〉中を蒸発させて、澄みきった視力がもたらす世界に握っ
〉たドルハンの切れの鋭さは、あまりに完璧で滑らかだ。
〉車体は救済に満ち溢れ　ňÉŧňö▒Ńü↑
ňĄęŠëŽŠŭăŃüźńŠőŠëőŃüčŃÇüŃçŘÇ¬ňŧćŃé|ÚŻŝŃéüŃéőŃüčŃ
éüŃüźŔé—ŠőČÚçĆŃé|ňő ている。粒の途切れることない連
〉打にもう、雨雲と寸分の隙間もなくするアスファルトの
〉現世は天界からの預けられた言葉で調和している。祝福
〉が共鳴する世界の中で、後は家に帰って、ねっちょりと
〉した詩を書くだけだ。べたべた嫌悪に包まれ拭えない原
〉罪を認識させられながらペンを動かしていくだけだ。六
〉月の嫌悪は確かに剝がし落とし
ňÉŧňö▒Ńü↑ňĄęŠëŽŠŭăŃüźń

ŐŠéőŃüĆŃÇüŔç¬ŕŧćŃé ĺÚźśŃéüŃéőŃüčŃéüŃüźŔé—ŠőČÚçĆŃ
〉て捨てたんだけどね。私に、密着は難解ですな。困った
〉ね。反芻出来る胃でもあればなんとかなるんだけれども
〉かね。食べたからと言ってまた詩が圧勝してしまう。たと
〉え事務所を早く出れても、それは間違いないんだけれど
〉も、ね。

trackback (0) | comments(13)

〉〉Commented – 1 by __ at 2012-06-02 21:01 ×
〉〉　　ガクガクブルブル((((;゜д゜)))〈
〉〉Commented – 3 by __ at 2012-06-02 23:37 ×
〉〉　引っ越さないと詰みってことか(;、・ω・`)〈
〉〉Commented – 13 by __ at 2012-06-15 00:01 ×
〉〉　　　ブロックするなよコラ〈
〉〉＊
〉〉＊
<a href="http://sns.fb.jp/s-t/20120701">「#101」</a>
〉

〉#101「デート帰りフェリーで立ち喰いうどん
〉　　（コロッケのっけ）」〈
〉　おっぱいに世界は通用しない。理屈なんて、あるもん
〉か。精神はすぐさま無力となって、黒い鳥も白いんだ。
〉　早起きし始め出した薄暮が孟秋の華奢を引き絞る。子
〉どもの掌を凝着させた、大樹の幹で木の葉は手を振り島
〉から遺漏の無音を削る。もうね、何とか一安心だ。成功
〉だったんだよ初デートが。情感積もる良い時間でした。
〉崩れることない強い時節でした。あまりにね、とてもな
〉までにだね。うん。幼さを立てた紅葉へ寄ると葉擦れで
〉炎上しきった肉が、涼気に、垂れ下がりを熱くする。熱
〉い、熱いね熱いよ熱い。ど熱いんですよ、もっと私は。
〉昼食は手作りお弁当だし食後のスィーツはR-18だ。あ
〉んまりんにも甘すぎるんから罠だと一瞬、叫びんました
〉よ。叫び声は即、消去され、私を作る天が啼くんです。
〉福音に激した表層の大地は生物交錯と原子核のひとつに
〉割れ、唯一不動ビオトープそれこそが真実の愛だったの

です。そういった、事は、まあ、何一つとして、なかった、けれども。うん。今日は、良かった。上手く、話せた。陽傘の合間から届いた言葉を、結び合わせて距離が確かに縮まりました。もう詩とかどうでもいいや。帰りには、手をつなぐだなんてハレンチ行為を、フェリーターミナルに着くまでの間やってしまった。汽笛の図太い短さが終わる。まだ温さが柔さが残ってる。鰹出汁が反芻に混ざる。恋するとお腹が空いてくる。おばちゃん、それくださぃ。コロッケものっけちゃってくださぃな。

　温もりを、引き出す丸い芳香が鼻腔の衣を静かに脱がした。なめらかな姿を緊張と本能の両立へ挟み丼の底を掌でなぞる。伝わり満たす温度が息づかいを乱し汗ばみに動悸と垂涎を飲ませる。伸ばし取る箸を唇で割る時、指の震えに初めて気付いた。壊れないよう痛まないようソッと沈めた箸先は既に濡れている。剝ぎとられた理性に瞬間で吸う食む噛む。喉元から自分のものとは思えない音が表出に張る無意識から漏れて、揺らいだ驚嘆がズゾゾを伸ばす。じゅんじゅんにふやけた衣へと照り、ぃやらしく膨らみ顔を覗かせるオジャガが、いとしぃ。ぃとおしぃ。こしを振り回す細やかに熱す白い肌へ、反りたった痴情を撫であげるしこりへ、口内に含み唾液をなする。一本一本の乳首を吸うと吹いた脂に疼痛で開く。生まれたままの姿を唇の柔らかさを体臭と体臭を受け入れ合い、人間の知覚を、本能で摑むんだ。立ち食いこそが、陶然と至上の前戯なのだ。

　ポッケで整えコインを渡し丼を愛撫の隙間に返す。うん。ごちそうさまでした。どうも味わわせていただきました。堪能させていただきましたよ。後腐れないようきっちりピロートークをお付けしまして、たっぷりで。そう、うん。甲板から柔和を握りあった位置を見つめる。閉じられて染んでいた残り陽も、切られてなくなり遠くなる。つなぎ合った言葉の結び目がほどけていくようで縮まった距離なんてなく野生の雅夢に過ぎなかったようで、陽傘の笑みに今、会いたくなる。ああもう詩とか本当どうでもいい。ふやけた視界の端で、燃え盛る掌が幹からわずかに翻っていく。やさしく暮夜の乳房に触れ、

〉確かめ、なぞっていく。幾千もの手と手が揉みしだき、
〉始まり、やがて先を握り、しごいていく。隈雑に肉を擦
〉り摘むんだ。順番に舌を鳴らすんだ。汽笛の巨根が腹を
〉貫いて響く。会いたいや今すぐ。コロッケのっけの、う
〉どん食いたいや。お腹が空いて空いて引っ付いて困る。
〉海面が暗緑を小吹き混ぜ合わせる。速度が緩くなってく
〉る。もう着くのかー帰るのかー。白い鳥がドドメ色にな
〉ってんだけどな。帰ったら詩の原稿か。激せない。詩に
〉は、おっぱい、ないんだもん。会いたいね。会いたいね
〉早く。会いたい今すぐ。まさぐりたい。
〉　　　　　　　　trackback (0) | comments (No)
》*
》
<a href="http://sns.fb.jp/s-t/arcive"> 月別アーカイブ
</a>
<a href="http://sns.fb.jp/s-t/access"> 足跡 </a>
<a href="http://sns.fb.jp/s-t/frend.mail"> 申請 </a>
<a href="http://sns.fb.jp/s-t/frend-list"> 友達一覧
</a>
<a href="http://sns.fb.jp/s-t/link/Kumamotobungei.jp/">
リンク［熊本文化懇話会／会誌「熊本文化」］</a>
<a href="http://sns.fb.jp/s-t/link/kumamotoband.jp/">
リンク［熊本文学隊］</a>
<a href="http://sns.fb.jp/s-t/link/genndaishi.jp/">
リンク［日本現代詩人会］</a>
<a href="http://sns.fb.jp/s-t/link/bungoku.jp/">
リンク［文学極道］</a>
<a href="http://sns. fb.jp/s-t/Amazonz/ID=202">
詩集「市内二丁目のアパートで」(\1,500) click 購入／
詩集「202.」(\1,800) click 購入［注目　おススメ］
</a>
》
》
<a href="http://sns.fb.jp/sinji-tu/s-t/bottom/ID=202">
しんじつ君日和　Ads by Gooogle　</a>
　　　　click 》 @ → logout

》＊

<a href="http://sns.fb.jp/affiliate/kfc.jp"> click </a>

〉tweet《緑内障と医療ミスのため左目が見えなくなりま
〉　　した。今日は去年の八月に書いた作品です。》
〉

<a href="http://sns.fb.jp/s-t/20160414">「#1」</a>

〉
〉#1「八月一日は毎年必ずケンタビール」　〈
〉
〉　今日中にフライドチキンを食べると幸せが末代まで続
〉く。これは歴史的事実なんだ。缶ビールと一緒にむしゃ
〉ぶりついたら現世は神話の領域に到る。明日が来ちゃう
〉よ、ほら焦ろう。誰にだって人生は短い。
〉　街面を激した白雨の布地は風幹に裾から指で脱がされ
〉豪陽が熟れきる裸体を曝す。クールビズ姿の湿潤路景へ
〉下着を透かした熱清冽が贅肉の順に斬首していくと細ば
〉む泥濘は居なくなる。見間違う体躯に育ってしまった本
〉日分の残業仕事も、あとちょいでやっと居なくなる。長

。

。　　　　。

　　　　login　→　click　》　@

<a href="http://sns.fb.jp/sinji-tu/top-plofile/
ID=202">
しんじつ君日和　('16/04/14 21:26:29~) </a>
》
》s.b.「しんじつ君日和」　〈
》　　s.b.name: しんじつ君　…　アバター未設定
》　　九州（鹿児島）1979年7月9日　事務所員
》［「ブログ詩を書きます。シェアしていただけたら嬉
》　しいです。」］（復活記念!!：過去作フェア中!!）
》　　s.fb.frend数-2129名
》　　（app）virusbauster-shield（app）
》　Copyright (C) 1995- sns.fb, Inc. All rights reserved.

〉引きましたね。うん本当。思っていたよりも、ずっとず
〉っと。南方机へと広い窓際で九回目のストレッチを、し
〉ていた時は明るかった。体側と一緒に伸ばす左手の先ブ
〉ラインドの合間の方から景色の横縞が照り、眩かった。
〉張り替えられ間もない小学校のプールの水が垂直射に焼
〉かれ蒸気糸を入道雲に吹上げ編み込み続けていて、綺麗
〉だった。うん。あの時は夜に、じっくり詩でも書こうか

«tap

〉なとか舐めくさったことを思っていたのだけれどもね。
〉あとちょいで直ぐ、その夜だ。間合から来た薄闇がブラ
〉インドを静かに研いでいる。今日一日分だけ老けた目玉
〉はクリーム色の鋭い羅列へ、つぶやきを反射し寄り掛か
〉っている。縒れた襟のシャツ垢が臭い。肩は凝ったし腹
〉は減ったし眉間に憂鬱が皺を掘り込むし、なんというか
〉つまりは嫌だ。世の中が自分が宇宙が歴史が生きとし生
〉ける全てが嫌だ。ケンタッキーに、行くしかない。揚げ
〉たてテイクアウトを食らいビールで流し込むしかない。
〉そう今すぐ行こう。今日この日付中に食してやろう。嫌
〉悪は破れる子孫も救済出来ちゃう間違いないよ。明日ま
〉で待ってしまっては駄目だ。破り方も救い方も分かって
〉いて後回しにする、そういう瞬間の明朝にかぎって地球
〉が滅んじゃったりしちゃってるんだ。
〉　玄関のドアを閉めた途端、右手の温い重量が体内へ咆
〉哮を轟かせて来る。今すぐむしゃぶりつきたい靭衝動を
〉僅かな理性が抑え込みシンク脇の薬用ソープで両手を出
〉来るだけ丁寧に洗う。しっかり汚れを落とさない奴はチ
〉キンと愛対する資格を持てない。持てる男なんですよ私
〉は。水滴をミニスポーツタオルに捨てれば冷蔵庫が唸る
〉胃袋が猛る。もう待たなくて良いよ、待つ必要なんてな
〉い。表面アルミに結露の汗を引く缶生ビールを取り出し
〉音速でKFC梱包を剥いちゃうんだ。ドラムとリブの黄金
〉タッグが至福概念を塗り替え随喜の疾駆へ浮き謳る頓前
〉歯に噴流繊維は千切れてしまう。奔合していく肉汁で頭
〉骨は喝采の海を産むんだ。香塩を麦酒が追い発泡悦喜氷
〉河に脂肪活火は永久凍土さえも蕩かし聖嬉の導きへと到

〉讃誕する。止まない破顔に反復咀嚼に豊穣地平が現悟進
〉していくんだ。他ならないのだ積極的ケンタビールこそ
〉が真なる星霜の創世記なのだ。
〉 朱簡易テーブルへと、空洞化しきったアルミ缶を置い
〉てみる。アナログ時計は零時ちょうどを指していて軟骨
〉までこそぎ落した残骸に笑んだ息が姿勢正しく座ってい
〉る。あっと、いう間の出来事だったね。本当に、うん。
〉時間帯証明に包まれていた店内で作り置きを視界に捉え
〉つつも「揚げたてをください」って搾る勇気で言って良
〉かった。内心煮えたぎっただろう思いを飲み込みマニュ
〉アル笑顔で無茶ぶりに応えてくれたバイトさん。ありが
〉とう。申し訳ない、でも仕方なかったんだよ。遺伝子未
〉来がかかっていたんだ。貴方は一族を余すことなく豊救
«tap
〉済してくれたんだ。福幸が椴胃袋から膨張していく。悠
〉満ちる舌面に余韻を描く肉辺句は未だ仕事着姿の身体へ
〉響歌美を浴びせていて一つひとつの細胞核を更新し余念
〉がない。これより越界段を生きる私という存在が開幕さ
〉れていくんだね。うん。もう口角泡も、そのままにして
〉眠りましょうかね。今日になった明日の今は、幸せでし
〉かないし全部そのままで良いよね今日くらい。明今日は
〉頑強筋塊を鍛え増す上背の仕事が真っ向から攻襲撃して
〉くる。幸受年表を刻んだって八月でも寝たら、儚いのか
〉な。詩を書く時間が、やっぱ取れずに〆切日だけは生え
〉ては太る。疲労しきり水分などない眼球はデスクで老衰
〉しながら生傷に塩塗られ鞭打たれて年金も出ない。だけ
〉ど、ケンタとビールで噛み締めたら良いだけだよね大丈
〉夫。月の痩身に部屋着へと着替えた姿街達が体句を籠ら
〉せ浅い寝息を立て始める。筋肉質な熟陽の融汕を残し廣
〉入道は気化の粒に咲き子宮から恵命を、いきみ産んでい
〉く。眠りましょう。豊救済された食欲求と睡眠を纏い遺
〉伝子未来に開幕される神話段階人生にだって起床後の憂
〉鬱だけは、やっぱり短い人生くらい長い。
〉 right!/bad! (2187) | comments(57106) | share(0)
〉

》Commented – 1 by ＿ at 2016-04-14 21:32 x
》 ツマンネ(=゜Д゜)〈
》Commented – 2 by ＿ at 2016-04-14 21:33 x
》 地震だいじょうぶですか??(>_<)??〈
〉tweet《私のところは震度4強でした。iPhoneでアプ〈
》リを開いていると突然「熊本で地震発生。地震〈
》/が48秒後に起こります」という表示に切り替〈
》わり、ジシンデスジシンデスと警告音が鳴り出〈
》しました。地鳴りが、その後に来て大きく長い〈
》揺れが続きました。本棚からバサバサ本が落ち〈
》て来て恐怖に包まれました。私は左目が見えま〈
》せん。左側を手で守ってガスの元栓に走ってい〈
》ったところで揺れが収まりました。横揺れです〈

》無事です。外は防災放送のようなものが流れて〈
》います。》〈
》Commented – 6 by ＿ at 2016-04-14 21:47 x
》 直ぐにお風呂に水を貯めてください。〈
〉tweet《/熊本の友人に連絡。携帯電話は、もうつなが〈
》/らない状態。しかしLINEからだとつながり〈
》ました。一人暮らしのため、とても怯えていま〈
》す。お風呂に水を出して、と伝えました。電話〈
》越しにも地鳴りが聞こえます。余震が止まらな〈
》い様子。防災放送のようなものと大声が電話向〈
》こうでけたたましく鳴っています。お風呂の蛇〈
》/口を捻ると真っ黒な泥水が出てきている様子。〈
》こんなことが起こるなんて、と怯え繰り返して〈
》います。車に避難するようです。友人は震源地〈
》に近い場所にいます。》〈
》Commented – 9 by ＿ at 2016-04-14 21:52 x
》 水は泥水でも貯めてください。〈
》Commented – 10 by ＿ at 2016-04-14 21:53 x
》 震度7らしいです。建物に気を付けて〈
》Commented – 11 by ＿ at 2016-04-14 21:54 x
》 ケンタッキー食べたーい*(*´з`)〈
〉tweet《/福岡の友人と連絡。恐ろしい揺れだったとの〈

≫こと。九州全域が揺れています。余震も多いで＜
≫/す。熊本では揺れてからiPhoneが鳴ったとの＜
≫こと。こちらではジシンデスジシンデスと何度＜
≫/も鳴って地鳴りがして揺れます何度も何度も。＜
≫怪我などはありません。明日は出張で佐賀に行＜
≫きます。不安です。》＜
≫Commented – 16 by 10 at 2016-04-14 22:01 x
≫　JR九州は脱線したようです。気を付けて＜
＞tweet《/おはようございます。熊本の友人たちから送＜
≫られて来た画像にショックを受けています。友＜
≫人たちに怪我などなかったことが幸い。しかし＜
≫/道路の地割れや建物の傾きが酷い様子。JRも＜
≫運行再開未定だそうです。出張先に問い合わせ＜
≫たところ午後から運行再開だと思う、とりあえ＜
≫ず来てくれとのことでした。私は今、飛行場で＜
≫キャンセル待ちの行列が出来ていて怒号が飛び＜
≫交っている状態です。怖いです。福岡から佐賀＜
≫に向かう予定です。熊本城が石垣も壊れ大変な＜
≫惨状。復興に向けて皆が前向きに家を片付けて＜
≫いる様子です。大変なことになりました。》＜
≫Commented – 802 by ＿ at 2016-04-15 11:24 x
≫熊本の者です。あなたが熊本を語らないください＜
≫Commented – 911 by ＿ at 2016-04-15 13:52 x
≫　土下座しろよ不謹慎あやまれ(=゜Д゜)＜
≫Commented – 1024 by shinji tani at 2016-04-15 16:40 x
≫　心配の電話ありがとう。お互い頑張ろうな＜
≫Commented – 1028 by 67 at 2016-04-15 16:48 x
≫　(*´з`)募金をしていきませんか?＜
≫*
<a href="http://sns.fb.jp/affiliate/mos.jp"> click </a>
＞tweet《/佐賀のホテルに着きました。昨日の記事も含め＜
≫て広告をクリックしてのアフィリシエイトは全て＜
≫熊本に募金しようと思います。今日は三年前の九＜
≫　月に書いた作品です。》＜
<a href="http://sns.fb.jp/s-t/20160416">「#2」</a>

〉
〉#2「九月やっとの日曜にはモスチーズバーガー」
〉　かけがえない一人間の尊厳を取り戻すためチーズのバ
〉ーグを頬張るんです。教説法に匹敵していく腹からの衝
〉動は正解なんだ。そう、ためらうことなんか何もない。
〉まず手にしてみようよ食いつくそうよ。そしたら矜持が
〉掌を振って、ほらおかえりなさい人間だ。
〉　薄合着に削がれてしまった革靴音は、公路へ秋霖を突
〉き立てる。喀濁流に競った縦雨は時節の光を妄念と置き
〉片頬で延ばす霧湿挺を再び架標させていく。避雷針の方
〉へ流暗雲が繁吹きだすと、少し上ずったセラミック雨戸
〉は激する硬質な斜線で間断もなく続き拍される。すっか
〉りと、眠りそこねてしまった時間は、やっぱり定跡通り
〉に進む。果たしてこれで良かったんですかね。朝だし良
〉いに決まっているじゃないのさ。うん良いに決まってい
〉るんだけれども、ね。やっぱし部屋で、封筒の口を閉じ
〉ようとする五本指は重い。毎度まいど困ったもんだよ原

〈
«tap
〉稿発送なんて迷いでしかない。本当さっき固めに強めに
〉決心つけたはずなんだけれども。なんなんでしょうね一
〉体ぜんたい、うん。迷いなんてなかった昨晩なんかは洪
〉過剰な土曜労働の埃を落とす缶ホッピー買うのも我慢で
〉きちゃって裏路地から額縁枝をハイビームに照射される
〉青山スーツへ土砂降りを吸わせつつ海月傘一本で帰って
〉来たんだっていうのに、さ。真っ直ぐ独居アパートへっ
〉て歩き続けて心の形状かわるくらいに降水豪で濡れそぼ
«tap
〉りながらも、あの頃は意外と快晴なんだぜって内側高ま
〉ってたはずなんだけども。うん。何度、経験してみたっ
〉てだよ特有早足になっちゃう依頼書評の圧にだって勢い
〉づいた余裕笑顔で久びさ接すること出来ちゃってて四日
〉後〆切カウントダウンの音にすら、原稿とっくに完成し
〉ちゃってるし帰宅後そっこう印刷しちゃって送封準備す

ぐ終えちゃって完璧だぜ余裕なんだぜ明日は朝っぱらか
ら加藤一二三九段解説三回戦観戦しちゃうんだぜ賛美謳
歌しちゃうんだぜひふみんひふみん私だぜっ、て見通し
明るかったんだけれども。うん本当に。どうしてかしら
ね、こうなっちゃったの。あんまし依頼経験もないのに
何度もとか見栄張ってみちゃった、お年頃への罰なんで
すかね罪ほどまでの受刑はなくてもいいはずなのに。そ
う累液漏れ落ちる曇天と皮膚内は完全に一致しちゃって
て、くすむ再度さいどの書き変え時間を胸に寂しく、全
ては錯覚だったと辿るばかりだ。まあね水滴吸っちゃっ
た態形状の変化はね、思考を凌駕しちゃうとか、つまり
はそういうことなんでしょう。だって依頼原稿の圧った
ら、やっぱ凄いんだもん。迷いなかったはずの昨晩なの
に、いざ部屋入ってドア鍵閉めつつ靴下ひとつずつ脱ぎ
ながらコンクリ臭いつもより漂飛してる台所小窓の目顔
に撫でられちゃったらそれだけで、もう、やばかったも
ん。線廊下を片足で踏んづけ勢いで膝立ちで置き机のノ
ートパソコン立ち上げてみて、捕らわれちゃった異質感
ったら酷かったんだもん。喉元を鳴らす愛玩動物の如く
薔薇色の皮膚を毛並みに透けさせていた作品集の論評を
書いたはずだというのに、ね。まったく真逆の門扉が開
かれてるんだもん。建ちそびえている惨劇家屋は憤怒の
形相で私に冷たく、これ印刷できるわけないじゃん。書
きなおすしか他にないじゃん何、本気でやばいじゃん。
そうして、紋紗ネクタイぶら下げたままで作品集と、ま
た対峙させていただきまして対話させていただきまして
感動を表しつくせてない自分自身に憤慨し悶絶しマウス
動かしていったわけなんです。幸いにも急速なひた走り
はむくむくと容姿を変えることが出来、腺芯を撃ち抜く
慕う美しき作評となったわけなんです。甲斐あり印刷ま
で無事終わり今、午前八時三十二分を百均腕時計が指し
© «tap
ているんです。壁隣の部屋から、菜を刻む音が入ってく
る。連続テレビ小説のオープニングテーマが天井から零
れ落ちてくる。右手人差しの指紋に、出すぎた液体糊で

> 皺を寄せる茶封筒の生真面目な感触が、立ち上がってく
> る。背後玄関から勤勉を餌にした雨垂れが無表情で後頭
> 部を見下ろしている。落ちくぼんでしまった眼下と頬は
> 重く、書ききった達成に見え隠れしてくる、心の形状変
> わってしまっただけなんじゃないの完成ホントなの疑念
> は膨らみ続けている。脂っぽい膚皮を突き伸びる無精髭
> を揺らし、助けて、思わず叫んでみても、当り前だのル
> フィはいない。饐えきってしまった湿度に奔自尊は剝ぎ
> 取られ澱で心は閉じられている。泥瘴気にあたって使い
> 切った頭が、くうくう鳴るほど空いている。開こうか。
> 開いてしまおうかモスバーガー草牟田店のドアーを。食
«tap
©
> してしまおうか食っちゃおうチーズバーガーをサラダセ
> ットで。全速力で向かってしまおう、地球上で営為を育
> む生物として朝の空気を肺に捧げる身の私なんだ。急い
> て辿り着いてしまおう。さあ御食事だ。真なる我が釈尊
> は、この瞬間そこだけに居らっしゃるのです間違いなど
> ないのであります。
採光が染み込みきったホワイト・テーブルに包まれる
> No.16のプラボードが呼気の加速度を温めていく。凝集
> 溢喜を溶かし入れたサービスウォーターで愛撫され、内
> 奥に夢想が膨らんでいく。思わず、はち切れてしまう瞬
> 間、頭上から降ってくる「お待たせ致しました」の彩ら
> れた馥郁斉音での笑みがメニュー復唱が、脳裏を超する
> 達福の姿を現前に立ち上げていくんだ。無彩色の世界の
> 中で全生命に息吹を与え輪郭から染め抜いていくパティ
> 上のデミグラスソース。ふつふつと見え隠れするニュー
> ジーランドチーズは既に半分液化している。いきなり口
> づけてしまいたい露欲望の出す手を僅理性は、どうにか
> 留まらせて隣座している艶麗を発すオニオンスープのマ
> グに、こうにか指を絡めさせていく。そう物事には順序
> っていう最たる道筋があるんだよ。守れてしまうんだ私
> は。大人ですもの。六腹筋に力を入れれば鼻腔前の空間
> を律しのぼり支配するコンソメ煮溶け玉葱の濃熱薫が大
> 脳の皺すべてを爪弾いていく。脣を導くと咽喉を焼く髄

> 喜邁が、ふやけた薄切りクルトンと共に潤う嘉土壌を、
> ほら創生してしまうんだ。湿せば湿すほどに耙肥沃な地
> 環が巡り撞かれて飲み干して尚、求めてしまう激情のス
> プーンのままで、前歯列へ有機サラダを当てがわせてぃ
> くのだ。踊り跳ねて止まない悦盤軌跡に、草木が生え咲
> き息吹く光景が体幹を覆い纏う。自生の囀りは大気の優
> 撫を、裸体に輝煌帰させていく。血となる肉となる小片
> をもって醜悪な身躯をすみずみまで浄化し、そして時が
«tap
> 静止する。涼やかな純快葡が満ちている。とどまってぃ
> る視界の端で、バンズの温みに挟まれたトマトレタスを
> 伝い滑っていく肉汁がデミグラスミートソースを纏い、
> 音を立てて不規則に湯気を湧出している。空気中を囁き
> 漂う厚芳香が内鼻孔で歌い、悦天に疾出奔しだす秒滑へ
> 衣装体が割れて、いつの間に剝かれた野獣の本姿が顕わ
> に孤投擲されていくんだ。粟立つ皮膚へと巻かれる両の
> 掌十指で、躊躇いがちに、そっと触れてみる。バーガー
> ラップごしに柔い肌感触が体熱を包みこみ弾んでいる。
> こんなにも上気喘鼓動が昂っている。分かりあい約束し
> あい冽峰に薫ずる肢体が開いた口元へと運ばれていく。
> やっとだ。やっと、辿りつけた。もう揉みしだくパティ
> めがけ忘我の極地にいる顔を、まるごと突っ込んだら渦
> 香気の蒸気を重ね塗った上顎に対流していく挽き牛肉の
> 糜爛が、熱波へ跳ぶ半液チーズ肉汁を煉噴出してくる。
> 荒々しく高準な角切り玉葱の大粒切片が頬粘膜を変則的
> に突き芳醇で凝集性の高い一体化した光となり、途切れ
> ず雪崩れる無意識までもを喜悦へ射しつけ溺れさせてぃ
> く。止むことない味蕾和平の惑星公転と包容盤宇が撃ち
> 震えていくのだ。陽に透かされたキールレタスとニッフ
> ィトマトの隙間から阿炎烈に喚き潤揆を爆ぜる熟成肉が
> つくる大海を母乳の地が駆け鶴踊欣喜の骨頂へ行き着く
> のだ。銀河系を創始する源に出会うのだ。モスチーズバ
> ーガーは宙に自転する灼恒星に他ならないのだ。
> 店舗天井の隅で、丸まっている弾き叩かれたレジスタ
> ーの軽階音がホワイトテーブルの檀上へ明るむ響声と重

〉なり抱き合っている。穏やかを刺繍するクリアグラスに
〉眠り泳ぐサーブウォーターは妍透通し、減っていった水
〉域分だけ潤口許の儚い緩みを掬っていく。ひとつかみず
〉つの肉体を巻いた雨粒は口内からの爽含歓に揮発しリニ
〉ッシュチェア上ほだされた目尻へ、反射する発話を表情
〉を、自らの足元にしていく整えていく。うん。やっぱ、
© «tap
〉すごいね。すごいもんですね、やっぱり。やっぱりね。
〉うん荒々しく猛々しく摑むくせに上品で繊細だなんて奇
〉跡頂点だよ本当に。モスすごいよモスすごいことだよモ
〉ス、モスすごいよすごすぎるよ、うん。本当に、ね。広
〉域照明へ笑んだ呼吸を巡らせて、やおら静かに皮つきの
〉ポテトを摘まんでみる。一房の温みを右指芯へと渡しな
〉がら、バーガー包装紙に零れ溜まっているデミソースを
〉ポテトで、ゆっくり、こそぎ取っていく。脂の焼け溶け
〉ていく香ばしいストライプ入りの色鮮やかなソースドレ
〉スを纏っていくポテトフライ。齧ってみると濡れそぼっ
〉たドゥビソースに狂わされることなくサリッと歯茎を押
〉し返し弾けてくる。クリーミーなほくほくとした唾液を
〉あとから後から溢れさせる対極どうしの優しさが口粘膜
〉を究恍惚ごと包みこんでいく。輪廻転生を背景とした御
〉食事と言う名の経典の一符が、長大な時間感覚に埋もれ
〉ることなく頭蓋へと広がる。うん、幸せだね。幸福な営
〉為って、モスだけにあるのかもしれないね。頬張って頬
〉張って咀嚼が終わりそうになっても常に視覚と嗅覚を刺
〉激し更に安らげ続けてくれるんだもの、すごいよ本当
〉やっぱり、うん。すごい。高光彩に充ちる卓上へ歌舞音
〉曲としてアクリル窓を鳴らす強まってきた雨粒の姿が視
〉線に入りこんでくる。黄土色の斑を密集させた大理石調
〉の書店看板にビニール袋が張り付き煉瓦塀の欠けを樋に
〉して水足跡を運んでいる。建材の隙間から洩れた石灰粉
〉を固めさせられている壁脇のRvtボックスに消しかけの
〉グラフィティアートが足指へと擦られている。カーブラ
〉イトを点滅させる市営バスの側面へと掲げられた銘菓写
〉真は皮が溶けるまでに洗われ座席に横たわる皆の生活の

>疲れを一時だけ抱擁している。うん、それにしてもバー
>ガー、美味しかったな跪きたくなってるよ今も。ソース
>ポテトも原罪へ立向かう御褒美なみだし止まらないし。
>改めてやっぱ、すごいよモスって。生きてて良かった、
>これからも生きるよ生きていくよ、うん他ならない自分
>の意志で。うん歌い上げてしまうくらいに誇りに満ち満
>ちた私めの精神力動の方向性で、ね。閉じた目まで赤ぁ
>ざに被われた内眼窩を後頭部から落ち窪めている曇霞雲
>はガラス張りに隠され檀那たちの整列にぎこちない黒髪
>を輝かせている。永劫のけぶりに澄みつづけている扉の
>中で団地家の、いってきますを着ている一人ひとりが食
«tap
< click«'mos.jp/click > «tap
>生活の合間で塊を溶かす微笑を貼っている。コンクリ臭
>気の蔓延する玄関傍でさえも今は、きっとすっと本当に
>優しい。さあモスポテト終えたら、お家かえって眠りま
>しょうかね。録画してる加藤九段の名調子を子守歌にし
>て眠っちゃうんだ。とっちゃうんだよ真なる人間として
>の睡眠を。ひふみん解説暴走してないかな聞き手の矢内
>さん私と同じ歳なのに凛としてらっしゃるから大丈夫か
>な。跳ねた食脂を滲ませ文字を消すトレイシートが打ち
>当てる雨垂れ首の音輪郭に入衆していく。隈なく暢達速
>度を腹ばいにする配列パイプが水排黒になぞられた風街
>と微光の普段姿を重ね開いては折り畳んでいる。絵絹で
>なぞり描いた斜線傷の給街路は元の溜まり陽朾に塗り合
>わされ小柄袈裟へと詣でている。昨夜までの感覚が明滅
>し生えた天体はシャンカールを運び辿り近くに寄せてい
>く。それにしても、だ。なにはともあれ〆切守れて良か
>ったな。うん。中央郵便局で投函するのって久しぶりだ
>ったもんな。うん書き上がって良かったよ本当に。良か
>ったよ良いことでしたよ、うん。しかし凄まじく内幹を
>揺すり続けていく作品集だったね、まだ残ってるや抜け
>だせないや。たぶん背理から来る圧倒的詩作品の体感っ
>てやつなんでしょう、これこそが。きっとね、うん。ネ
>クタイとか締めて書評書いたの初めてだったけれどもね
>結構いいね正解かもね。畏敬表して作品集にも失礼ない

> し仕事としてのプロ胃袋臓腑の内側からは、麦藁一族が
> 帆を翻して笑っているし輪廻解脱しちゃうくらい形状変
> えた心も悪くないし、ね。麻疹症に歯噛みされた先端避
> 雷は、やっぱ職業意識も高まるってもんなんだ。うん。
> 次に、ね次に繋がると良いな。うん次に。繋がる依頼と
> かじゃない留まらない自己作品への確かにある段階とし
> ての流動的な昇り上がる次、その次に。惨劇家屋なんて
> 見えない渡航一味の笑顔の彼方の先がある方向へと。う
> ん。片頬の燃えている産毛にストールグラスを当ててツ
> ーリゼルベルトを左手で一穴だけ、ゆるめてみる。また
> ゲラ見たら録画再生と昼食食器を小突く音の入る真中で
> 家屋惨禍に戻っちゃうのかな。郵便局で校正出すのを相
> も変わらず数分躊躇ったりしちゃうのかな。うん。俗世
«tap
> の人間でいる時間は、いつも一瞬だ。めぐらせた這う斜
> 視線に防犯カメラのダミー匡体が淡い水の束に塗装を毟
> られている。帰る距離と創り上がる瞬間の必然と偶然が
> 金属の肌を見せつけていく。時間を残骸にする表象の空
> 白は潰され生産的とは離散した尊い芸術作に立脚し自分
> の内部を見捨てていく。書評書いたわけだし詩を書かな
> いとなあ詩を、きちんと。客観的視点を得させてもらっ
> たことを活かして自作の詩作を。何も思いつかないけれ
> ども今は。何か草稿でもいいから手を動かさないと。雨
> 脚の打ち込みに真鍮の看板扉へ灯が入れられ、淀みなく
> 梱包した蟻の麻疹を咳込んでいる。半分開いた車庫シャ
> ッターが舌を出し、くしゃみを終えた黒猫がポリ蛇口の
> 隣で載りすぎた後ろ爪を噛みちぎっていく。まずは生活
> リズム整えないといけないな。せめて時計の針くらい合
> せていかないといけない。うまくいくかな色々いかない
> んだろうな、でも御馳走食べに、モス食べに来ちゃえば
> 大丈夫だよね多分いつだって。うん。とりあえずは家ま
> で自転車こがないといけない。ポテトを運び終えた右手
> の五指一つひとつをねぶり舐めてみる。うん。やっぱり
> 詩人の指ってしょっぱいもんですな。
> right!/bad! (6103) | comments(201097) | share(0)
>> Commented – 1 by __ at 2016-04-16 01:25 x

ツマンネ(=゜Д゜)
Commented – 2 by __ at 2016-04-16 01:26 x
地震だいじょうぶですか??(>_<)??
tweet《ホテルで就寝中、突然iPhoneが鳴り瞬間、轟
音と共に突き上げられるような縦揺れが来てベ
ッドから跳ね上げられました。テレビが倒れま
した。死を意識するような恐怖観です。まだ揺
れています。ホテルはパニックです。廊下中か
ら悲鳴が聞こえます。ジシンデスジシンデスと
警告音が一斉に鳴っています。外からは放送も
聞こえます。左目を守って布団を被っています
が怖くてたまりません。》
Commented – 14 by __ at 2016-04-16 01:34 x
広島の者です。こっちも物凄い揺れでした
Commented – 26 by shinji tani at 2016-04-16 01:35 x
昨日よりも大きい。避難しなさい
tweet《地鳴りが凄い。長かった。着替えてiPhoneを
見ると近くの避難所が表示されている。熊本が
震源地で震度6強らしい。財布と水を持って廊
下へ。皆がパニック状態。左目が見えないので
ぶつかりそう。怖い。部屋に戻る。布団を被っ
てクッション性を信じるのみ。私のところは震
度5強だった様子。鹿児島も5強。携帯が繋が
/らない。LINEで安否確認が届く。熊本の友人
/から家が壊れたとの報告。車に避難した様子。
停電、昨日よりも被害が大きい様子。下通りは
ガラスが散乱している様子。余震。怖い。》
Commented – 56 by __ at 2016-04-16 01:47 x
福岡の浜崎です。もの凄い揺れだったな。怖いよ
Commented – 57 by __ at 2016-04-16 01:48 x
冷静に行動してね。無事でありますように(;´・з・`)
Commented – 2 by __ at 2016-04-16 03:55 x
また揺れましたね。だいじょうぶですか??(>_<)??
tweet《/また大きい揺れ。縦揺れでベッドから突き上
//げられる。iPhoneが、ずっと鳴っている。少
し収まってから階段でロビーまで。左目が見え

ないことが恐怖を増していく。眼圧が上がっているのが分かる。生きた心地はしないし夜目はきかないし、こんな長い階段は初めて。玄関ロビーでパニックになっている皆の声。浴衣の人もいる。放送が流れている。避難所へ向かい歩く。道路はいろいろと倒れている。ガスの元栓/を、と叫んでいる人の声。LINEに安否確認が大量に入ってくる。駅前の大通りに集まる。コンビニの中で商品が崩れたり割れたりしているのが見えた。ガラスは、あまり割れていないようだ。まだ揺れるのだろうか。怖い。熊本の友人から短い動画が送られてくる。ぶれていて見えないが地響きの音とダイジシンデスの音声にゾッとする。水を飲む。怖い。》

Commented – 103 by __ at 2016-04-16 01:26 x

お薬手帳と点眼液持っていってますか?

Commented – 238 by __ at 2016-04-16 10:02 x

おはよう。なに?地震なの?(;・ω・`)

tweet《/余震が収まらない。いったんホテルへ戻って出張先に連絡。つながらない。朝になって落ち着いてきた。地割れなどもない。駅に人だかりができている。列車が通っていない様子。直接あるいて出張先へ向かう。建物が明らかに壊れている。倒壊ではないが損壊だろうか半壊だろうか。これは現実の出来事なのだろうか。中から担当者が出て来て今日は中止、とのこと。ホ/テルへ戻る途中またiPhoneが鳴り出す。強い縦揺れ。立っていられない。思わず叫んでしまう。》

Commented – 619 by __ at 2016-04-16 16:02 x

冷静に行動しろって冷静なれって!(゜Д゜)おい

Commented – 622 by __ at 2016-04-16 16:04 x

モスバーガーの募金協力しますねー。食べたーい

tweet《/福岡空港になんとか着いて今から鹿児島へ向/かう。ロビーではiPhoneが鳴るたびに空港中パニックになる。余震も多い。キャンセル待ち

》 の間ものを食べようとするが戻してしまいそう 〈
》 //になる。twitter や LINE を通して多くの方の 〈
》 心配が励みになっている。一人じゃないと思え 〈
》 る。フルーツジュースのペットボトルを飲んで 〈
》 御土産用に売っていたスイートポテトを３つ食 〈
》 べる。地震酔いというものなのか周りが揺れて 〈
》 いるのか自分が眩暈で揺れているのか分からな 〈
》 い状態。》 〈
》 Commented − 691 by __ at 2016-04-16 20:02 x
》 マジで?ネタじゃないの?(; ´・ω・`) 〈
》 /
〉 fb.jp.top-20160416 by __shinji-tu 〈
〉 −しんじつ君（a-hirakawa）さんが熊本県の地震で 〈
〉 の自分の無事を報告しました。（共有範囲：未設定） 〈
》 /
》 Commented − 692 by __ at 2016-04-16 20:04 x
》 しんじつ君って平川なのかよw 〈
》 Commented − 693 by __ at 2016-04-16 20:05 x

》 いえーい!無事でよかったぜー!! w≡^ω^)≡w 〈
〉 tweet《/鹿児島空港に着いた。飛行機の揺れに動悸が 〈
》 はやくなるなど身体がおかしい。熊本の友人か 〈
》 ら連絡あり。水を貯めていた家に入れずトイレ 〈
》 に困っている様子。飲み水を江津湖に汲みに行 〈
》 きポテトチップを食べているとのこと。おにぎ 〈
》 りを食べに並びたいけれども車中泊ようにガソ 〈
》 リンに並ぶことで精いっぱいの様子。胸が痛く 〈
》 なる。トイレを今すぐ持って行きたい。ボラン 〈
》 ティアに行きたい。駆けつけたい。それらを伝 〈
》 えると左目が見えないことを心配され、まだ危 〈
》 ないと言われる。何かしたい何も出来ない。鹿 〈
》 児島空港ロビーで声を押し殺して泣いた。》 〈
》 Commented − 847 by __ at 2016-04-16 22:46 x
》 実際にトイレも持って行けよ。口だけじゃんか 〈
》 Commented − 852 by __ at 2016-04-16 22:59 x
》 熊本の者です!!はやく川内原発を止めなさい!! 〈
》 Commented − 874 by __ at 2016-04-16 23:11 x

》　あやまちさん心配です(;´・ω・`) ＜
》Commented – 876 by __ at 2016-04-16 23:13 x
》　冷静になれって!(=゜Д゜)いいかげんにしろよ!! ＜
》Commented – 903 by youji kimura at 2016-04-17 01:24 x
》　平川あれだけど、しばらく来ん方がええばい ＜
》Commented – 1003 by __ at 2016-04-17 08:43 x
》　なんだ。お前、熊本じゃねーじゃねーか(=゜Д゜) ＜
》Commented – 1174 by __ at 2016-04-17 11:21 x
》　さっさとボランティアに行けよ(=゜Д゜) ＜
》Commented – 1266 by 長岡 at 2016-04-17 22:53 x
》　被災者のため安倍政権を倒しましょう。 ＜
》Commented – 1283 by __ at 2016-04-17 23:08 x
》　昨日モスバーガー食べましたー!! w≡＾ω＾)≡w ＜
》Commented – 1304 by __ at 2016-04-18 10:19 x
》　拡散希望。今、阿蘇で説法と共に水を配っています。 ＜
》Commented – 1469 by __ at 2016-04-18 16:43 x
》　お久しぶりです。あやまちさん物資送りましょうか? ＜
〉tweet 《/友人から電話あり。月出小学校、妊婦や老人 ＜
》　が避難中。物資が足りていないとのこと。》
》Commented – 1471 by __ at 2016-04-18 17:04 x
》　北高は物資が余っています。持っていけますが ＜
〉tweet 《/月出小学校に電話しました。持って来てくれ ＜
》　ると、ありがたいとのことでした。》
》Commented – 1504 by __ at 2016-04-18 17:31 x
》　北高から軽トラだしました。ありがとうございます。 ＜
》Commented – 1578 by __ at 2016-04-18 18:12 x
》　どこに物資が足りてないとか混乱するから書くな ＜
》Commented – 1579 by __ at 2016-04-18 18:13 x
》　⇒書いたらダメってテレビでも言ってたよ(;´・ω・`) ＜
》Commented – 2023 by __ at 2016-04-19 03:07 x
》　モスの記事とか書いてんじゃねーよ(=゜Д゜) ＜
》Commented – 5318 by __ at 2016-04-21 06:24 x
》　不謹慎あやまれ(=゜Д゜) ＜
》Commented – 9026 by __ at 2016-05-01 22:09 x
》　未来人によると5月17日にまた大地震らしい ＜
〉tweet 《/現代詩人会が動いてくれるそうです。熊本の ＜

≫友人は海保に並び久しぶりにお風呂に入れた様＜
≫子。県庁の先輩も自分が被災者なのに寝ずに頑＜
≫張っている。復興に向けて自分も動きたい。》＜
≫Commented – 10008 by ＿ at 2016-05-02 05:28 x＜
≫　熊本の者です。お前が熊本を語るな。二度と。＜
≫Commented – 10171 by ＿ at 2016-05-03 14:53 x＜
≫　モスの詩とか書かず憲法九条について書け。＜
〉tweet《//熊本地震は震度1以上が1100回を超えると＜
≫いう未曾有の事態となっている。去年の日本で＜
≫/起こった地震は1800回程度なので熊本・大分＜
≫の皆の恐怖は計り知れないものがある。友人は＜
≫ライフラインが復旧し始めていることが起因で＜
≫前向きになっているので、それだけが救いかも＜
≫しれない。大学生の後輩と話したところ工学部＜
≫棟は立ち入り禁止になっていて不安が大きいと＜
≫のこと。他県から帰ってくる同級生も不安を隠＜
≫せていない様子。桜島が噴火したことも不安だ＜
≫と話された。桜島の、あの程度の噴火は、いつ＜

≫ものことなので安心して欲しい。せめて揺れな＜
≫いように祈り続ける。》＜
≫Commented – 11238 by ＿ at 2016-05-04 09:37 x＜
≫　お前、桜島に安心してとかフザケンナ!!!(=゜Д゜)＜
≫Commented – 11710 by ＿ at 2016-05-04 18:02 x＜
≫　さっさと川内原発を止めろよ!!(=゜Д゜)＜
≫Commented – 11713 by ＿ at 2016-05-04 18:05 x＜
≫　祈りが増幅する方法があります。メールください。＜
≫Commented – 12032 by ＿ at 2016-05-06 01:01 x＜
≫　お前冷静になれって!いい加減にせんか(=゜Д゜)＜
≫Commented – 12098 by ＿ at 2016-05-06 14:34 x＜
≫　祈るだけで良い身分ですね(=゜Д゜)＜
≫Commented – 12331 by ＿ at 2016-05-07 02:41 x＜
≫　平川お前マジで冷静になれよ(=゜Д゜)＜
〉tweet《- しんじつ君 (a-hirakawa) さんが tweet 欄＜
≫を非公開設定に変更しました。》＜
≫Commented – 19076 by ＿ at 2016-05-10 19:03 x＜
≫　鹿児島でメシウマですか(=゜Д゜)＜

〉〉Commented – 20314 by __ at 2016-05-13 16:37 x
〉〉　　　　電話ありがとう。無事だよ。嬉しかったよ。〈
〉〉Commented – 20315 by __ at 2016-05-13 16:38 x
〉〉　　⇒エコノミー症候群に気を付けてください(>_<)! 〈
〉〉Commented – 24897 by __ at 2016-05-16 04:21 x
〉〉　　　　　　　　　不謹慎なんだよ謝れ（=゜Д゜）〈
〉〉Commented – 29281 by __ at 2016-05-17 16:49 x
〉〉　　　　　　　　　　　(*´ з`)募金しました 〈
〉〉Commented – 70193 by __ at 2016-05-29 02:08 x
〉〉　　　　　　　　　　　(*´ з`)募金しました 〈
〉〉Commented – 101234 by __ at 2016-06-12 21:23 x
〉〉　　　　　　　　　　　(*´ з`)募金しました 〈
〉〉Commented – 150193 by __ at 2016-06-18 02:08 x
〉〉　　　　　　　　　　　(*´ з`)募金しました 〈
〉〉Commented – 192318 by __ at 2016-06-21 18:47 x
〉〉　　　　　　　　　　　⇒ジエンw(*´ з`) 〈
〉〉/
〉 fb.jp.top-20160630 by __shinji-tu　　　　　　〈

〉 ーしんじつ君（a-hirakawa）さんがコメント欄を閉　〈
〉 鎖しました。
〉〉/　　　　　　　　　　　　　　　　　　　　　　〈
〉〉 *
〉〉
<a href="http://sns.fb.jp/s-t/arcive"> 月別アーカイブ
</a>
<a href="http://sns.fb.jp/s-t/access"> 足跡 </a>
<a href="http://sns.fb.jp/s-t/frend.mail"> 申請 </a>
<a href="http://sns.fb.jp/s-t/frend-list"> 友達一覧
</a>
<a href="http://sns.fb.jp/s-t/link/Kumamotobungei.jp/">
リンク［詩と眞實800号/「熊本文化」他］</a>
<a href="http://sns.fb.jp/s-t/link/kumamotoband.jp/">
リンク［熊本文学隊］</a>
<a href="http://sns.fb.jp/s-t/link/genndaishi.jp/">
リンク［日本現代詩人会］</a>
<a href="http://sns.fb.jp/s-t/link/bungoku.jp/">

リンク［文学極道］</a>
<a href="http://sns.fb.jp/s-t/link/kisyoujyouhou.jp/">
リンク［地震速報／桜島上空の風向き］</a>
<a href="http://sns. fb.jp/s-t/Amazonz/ID=202">
詩集「市内三丁目のアパートで」(\1,500) click 購入/
詩集「202.」(\1,800) click 購入 ［注目　おススメ］
</a>
》
》
<a href="http://sns.fb.jp/sinji-tu/s-t/botom/ID=202">
しんじつ君日和　Ads by Goooggle　</a>
　click　》　@　→　logout
。　　　　　。
　login　→　click　》　@
<a href="http://sns.fb.jp/sinji-tu/top-plofile/ID=202">
しんじつ君日和　('20/05/04 22:14:01~) </a>

》　　　　　《
》s.b.「しんじつ君日和」
》　s.b.name: しんじつ君　…　アバター未設定
》　九州（鹿児島） 1979年7月9日　事務所員
》　[「ブログ詩を書きます。シェアしていただけたら嬉
　しいです。」]（10周年目前‼・・ニコ生朗読中‼）
》　　　s.fb.frend数-2104名
》　(app) virusbauster-shield (app)
》　Copyright (C) 1995- sns.fb, Inc. All rights reserved.
》　*
<a href="http://sns.fb.jp/affiliate/kfc.jp"> click </a>
〉tweet《コロナで世の中が激変してしまいましたね。し
　かし皆で前向きに生きてまいりましょう!》
〉
<a href="http://sns.blog.jp/s-t/2020504">「#102」</a>
〉　　　　　《《
〉 #102「GW出勤中でファータの生クリームメロ
〉　ンパン」　　　　《

〉
〉ついに自販機を押す日が来たのだ。今こそ手にす
〉ることが出来る。焦がれ続けていた缶コーヒー・ブ
〉ラックビターモーニングショット朝専用を。小銭確
〉認しつつ漕ぎ進める自転車のサドル上で刷新されて
〉いく決意って、やっぱ相も変わらず図太い。
〉　誤謬の熱波に臍を噛まれた雲雀東風が、花曇りを
〉剝ぐ。中途な残夜へ玉翠を敷いた半裸の古樹枝は手
〉没され、短い柔陽が破水していく。お部屋の中で一
〉人、小さい不調は薄薄と分かる。認めたわけじゃな
〉いけどね。うん。多分いろいろ途中なんだし昂揚さ
〉せなきゃ憐れじゃないか。認めたりなんかするもん
〉ですか。だけれども、うん。なんというか、どうし
〉ても、ね。素対峙していく入力詩稿が堕調を居座ら
〉せていて困った。コロナ禍でも酷暁が軟和な常開日
〉へと捲られていく早朝、とりあえず変わらず私はね
〉照ってるインターフェイスを凝視し一文字たりとも
〉進んでくれない生原稿を発見していくわけなんです。

«tap
〉思考も三密避けるように癖になってて受諾しように
〉も、全く構っちゃくれないんだよね本当。いけずな
〉態度に指は絡まって相当もつれちゃってるし、懐中
〉思考も未だ欄外だし。まだ板目に棲みついた粗糸埃
〉をクイックルワイパーで見事払い続けていた起床直
〉後は、もう書けちゃうぜ創れちゃうぜ出来ちゃうん
〉だぜ私だぜ、なんて真本気で思ってたんだけれども
〉さ。もはや恒例となりつつある掛け違いは、創作時
〉間と称してみていた生ける空白を、単に延ばしてい
〉くだけだ。やっぱり、あれなんでしょうかね。ちょ
〉うど暮れに仕上げた一年間の懸命全力連載と肯励速
〉炎が炉を乱して行っちゃったとか、そういうことな
〉んでしょうね決して認めたりはしないけれども。意
〉外と御好評いただき自己等身なんて軽く超えちゃっ
〉た作品ばっかり産まれちゃう只中、くべていく薪に
〉混ざりこんでる細脈枝は花弁や新芽が宿ったまんま

〉でさ、組み木陶窯の絶えることない嗽強火上が心地
〉良かったんだけどね当時は。尽きた残灰は、情勢か
〉ら中止になっちゃったイベントと共に現精況へ幼児
〉期ほどの斑な隙間を、どうも拡げていっちゃってる。
〉開閉し直したベランダ小窓へ七竈の複葉が挟まる。
〉大型連休の活況からは、完全に除外されて在る有事
〉と個地方な空気が、背丈を張達に伸ばしきって静泊
〉している。いつもの枕頭に傾いていた職場専用ガラ
〉ケーが出勤用意を告げるアラーム4で、鳴き出す。
〉いつの間にやら切り替わっていたパソコン画面は、
〉ヤフオクの藤井九段サインへクリックを導き明滅し
〉ている。流す吐息の中に擦られた釉薬の跡が押し拡
〉げる篷奥隔を直視させている。途切れては嗚呼しな
〉おす角音に掘り進められていく溝が、黙考停止と反
〉射動整を部屋着スウェットのまま急かす。膨張洞穴
〉を進捗させた床梢の迂秣は、黒ぐろと横たわってい
〉る。この稔る隙間を埋めることが出来るのは、糖分
〉だけだ。クリームメロンパンに含まれる限定糖分だ
〉けなんだ。そう最早それでしか埋まらない隙間なん
〉だ。迷うことなんて一切ない。向かっちゃおうじゃ
〉ないですか出勤道中に佇み続ける救世主店舗ファー
〉タの元へと。踏み出して行こうじゃないですか買い
〉パン公園ブレックファーストの悦響段階へと今生命
〉の全てを一つ残らず賭けきって。
〉狭隘な次街路でハンドルバーに巻き付いた店印ビ
〉ニル袋の饒舌が、体根髄を狙撃して来る。左グリッ
«tap
©
〉プから脳右斜にまで直接しゃべり歩み寄ってくださ
〉る気さくな看板商品氏は、あの冬に愛したブラック
〉缶への情温さえ騰していくんだ。車輪を滑らせ「あ
〉ったかーい」が四季を通し、なくならない公園脇ア
〉パートに急げば直ぐにも果たされてしまうのだ。塗
〉られ直した自販機との菱運命的な再会が。三枚硬貨
〉の便箋投函は具象輪郭を現出させ、掌表へ熱凝体の

〉触撫を行促進する。固着した思念の塊が指先に身を
〉任せてくる。そう会いたかったんだよ、ずっと触れ
〉たかったんだよ。純粋なる願慮の昇華は園内ベンチ
〉で迸り天華燦のクッキーデニッシュ生地へ、達する
〉んだ。酩酊を伴い脱がした包装セロファンがチャリ
〉篭に荒荒しく投げられ掌熱温は極到していく。ふく
〉らみのある冷賜触の躍りたつ裸体が唇震を繰る。す
〉ぼめた口蓋筋に半凍クレムの光背が湧き立ち、呼び
〉覚まされる無防備な本能は頭骨頂へ隔空を開く。股
〉に挟んでいたアルミ缶を咽喉粘膜へ傾ければ、熔紋
〉が右手のパン天寵に向かわせ抱かれるんだ。髄脊麭
〉で薫風へと斑照射される小麦畑の中心で、結氷の授
〉乳が行われていく。冷製ファータメロンパンは、産
〉まれいく前からの壮究大なる麗薔な母親なのだ。
〉　朝梅雨が散る背もたれに、スーツ体重を思いっき
〉り預けて嘆息してみる。木板ベンチは日陰を藍布へ
〉と染ませていて、潤蒸土の噎せた霧放を肺奥にまで
〉滑りこませていく。さっき追い掛けたブラックコー
〉ヒーの熱覇で、燃え昇った個肺胞が入れ替えられ振
〉幅を均す。ゆるい崩れた目尻のまま、息を何度か出
〉し入れしてみる。右隣で、自転車は清明な澄拓朝を
«tap
< click«'runba.machine.jp/click >　«tap
〉着始めて換鳥引風の腕が折散した細い枝へと踏んだ
〉首を傾けている。見事だね。埋まってしまっちゃっ
〉たね隙間。うん、さすがだね。やるじゃん救世主。
〉早起きの民の列に並んだ甲斐が、ありました。ニス
〉剝斑へ乾燥泥を吊るす褐樹ベンチは、降ろした腰周
〉りを揉みほだしている。一日を煽る起大気は漏れて
〉る鈴陽郭に上頬を上らせ摂り蒔いていく。配電線板
〉の黄ばむ壁を見つめると布団の膨らみが頂従した残
〉骸気配に透け動いている。板床に落ちた両足スウェ
〉ットの弛みが、もうじき掃かれる堆積糸を噛んでい
〉る。息を吹き出した繁株下草は、足裏で微細に変化
〉する支点へと熟れる。目覚めきれない腫れた突眼を
〉擦って、雉鳩が粒石を啄み合成皮靴の紐に首を刻み

＞振っている。大分うすらいだ温度の缶を、握りなお
＞し一気に飲み干す。肺胞奥を入れ換える豆香薬が、
＞臼歯に敷かれクレム・シャンティの安堵を閃かし向
＞包していく。緩い目尻の食道をかき分け、胃の腑で
＞互いが幾層にも象った交接をし始める。乱炉で新樹
＞炎上し終え爆ぜた痕跡を退けきった惚薪木は、片灰

≪tap

＞を吹き上げ炭火に焼かれ始める。冲した鎮めていく
＞照応が煌々と喃叫喚の橙脈を炙っている。扇放へ縁
＞取られ浮き上がりかける点塊の感度が、手帳をめく
＞って走り書かせていく。ボールペンは細部に滲み、
＞全く滑らず途中で絡まった漢字は携帯メールにタイ
＞プしてみて一いち参視し写すんだ。うん。そのまん
＞まさ親指タイプで打ち込みきって断片全部、自分の
＞パソコンにメール送信してみちゃっていいのかもし
＞れないけどね。でもなんとなく、それは違うんだ。
＞違うんだよ雉鳩くん雉鳩さん。まつわる広葉樹を直
＞下に浴びせた鈴陽のくり貫きが、非対称な脂肪の房
＞を珀雲と積む。搾乳される間延びに、強ばった豊胸
＞大気は埋めたい影幕を捺え椅子脚と駆け、引き鋤い
＞ていく。遂乳腺に添った動脈血が、黄金習慣を縁取
＞る澱へと充血の厳かを、立てる。うん。でも何にも
＞作品断章は書けず、親指ごときも絡まってペン先も
＞転倒し、うん。やっぱ駄目だね。いつの間にか携帯
＞は、アプリで後手番藤井システム快勝棋譜を再生し

≪tap

＞始めちゃってるし、ね。だけどさ。良いんだよ良い
＞んだ、これで、十分。向き合い続けているだけで形
＞作られる、いつかが確かに産まれていくんだ。うん。
＞内腹からの蹴りに揺曳しておけば、良いんだよ今は。
＞朝露が舐めとどまっていた古木ベンチと、距離を造
＞っていく右後ろポッケのハンドタオルで湿潤を、拭
＞き上げてみる。欠伸する口幅は大きく、押上掲した
＞背筋へと、通う血流の津進に生活を開く。つぶれた
＞維管束から粘液を爛れさせ、踏折される自転車輪が

＞ペダルと次第に連動していく。陶房は窯元で鍛火炊
＞されていく水田土の素地を黒引出している。悠久に
＞迫り掬いかけた水で、桎梏の口を炉味していく。埋
＞められた隙間を、つづりの方性へ通していくんだ。
＞うん。まあ、今日も明日も一ヶ月後も多分、原稿の
＞行間は埋まらないけど、ね。職場へと、漕ぎ進める
＞んだ。脳内は、詩に道草を食い続けている。そのま
＞んまで理解しつつも切り替えしていく。そう、そん
＞な決意が私なんだよ。さすが図太い。どんどんと糖
＞分を取って、相も変わらず刷新しつつも、うん。遥
＞か始原へと交錯する想いを遡及させて、やっぱ殆ど
＞変われない。
＞　right!/bad! (1806143) | comments(520628)
＞　share(0) | new-blog 収益投げ銭 (1)
＞＞Commented – 8 by ＿ at 2020-05-04 22:18 ×
＞＞　ツマンネ(=゜Д゜)＜
＞＞Commented – 121 by ＿ at 2020-05-04 23:26 ×

＞＞　なにオマエ自粛期間に外出してんの?マスクせず?? ＜
＞＞Commented – 584 by ＿ at 2020-05-05 14:06 ×
＞＞　有事に外でアルコール消毒も省いて食事を・・・ ＜
＞＞Commented – 2513 by ＿ at 2020-05-06 16:27 ×
＞＞　アホ杉イイネ!(=゜Д゜)＜
＞＞Commented – 8096 by ＿ at 2020-05-08 02:41 ×
＞＞　アホ杉イイネ!(=゜Д゜)＜
＞＞Commented – 10031 by ＿ at 2020-05-10 18:32 ×
＞＞　小生もマスクせず風邪に負けじと奮闘中であります＜
＞＞Commented – 11948 by ＿ at 2020-05-11 06:18 ×
＞＞　謝罪せよ＜
＞＞Commented – 11951 by ＿ at 2020-05-11 06:23 ×
＞＞「バカッターまとめファイル」マスクせず外で食事w＜
＞＞Commented – 13023 by ＿ at 2020-05-12 23:46 ×
＞＞　マジ謝れ!(=゜Д゜)＜
＞＞Commented – 29163 by ＿ at 2020-05-13 13:16 ×
＞＞　いやカス過ぎだろ天誅だ＜
＞＞Commented – 31643 by 自粛警察 at 2020-05-14 00:06 ×

≫ 我々に貴殿が自粛しない理由を説明せよ！〈

≫ Commented – 31644 by 自粛警察 at 2020-05-14 00:07 x

≫ 我々は貴殿が出演する全イベント中止を求める！〈

≫ Commented – 31645 by saikyou at 2020-05-14 00:08 x

≫ →もう中止になってるよバーッカwwww〈

≫ Commented – 31646 by 自粛警察 at 2020-05-14 00:09 x

≫ 我々は貴殿のオンライン・イベント中止を求める！〈

≫ Commented – 31647 by saikyou at 2020-05-14 00:10 x

≫ →ダセエwwwwww〈

≫ Commented – 31648 by __ at 2020-05-14 00:11 x

≫ 世界ツマンネ(=゜Д゜)〈

≫ Commented – 31649 by 自粛警察 at 2020-05-14 00:12 x

≫ 何故saikyouの書き込みを削除しない！自演か？〈

≫ Commented – 31650 by saikyou at 2020-05-14 00:13 x

≫ 【配信チケット情報一覧】→どれか買ってね→〈

≫ Commented – 31651 by 自粛警察 at 2020-05-14 00:14 x

≫ saikyouの書き込みを削除せよ！不愉快である〈

≫ Commented – 31652 by saikyou at 2020-05-14 00:15 x

≫ 【配信チケット情報一覧】→はいはいww買ってね→〈

≫ Commented – 31653 by __ at 2020-05-14 00:16 x

≫ 自粛警察こそ自粛しろよ〈

≫ Commented – 31654 by __ at 2020-05-14 00:17 x

≫ 自粛警察さんよ。実家が潰れたぞコラ〈

≫ Commented – 31655 by 自粛警察 at 2020-05-14 00:18 x

≫ 今はマスクをしていない話である！〈

≫ Commented – 31656 by __ at 2020-05-14 00:19 x

≫ →お前なネット舐めんな〈

≫ Commented – 31657 by saikyou at 2020-05-14 00:20 x

≫ 【速報】自粛警察の本名特定ww〈

≫ Commented – 31658 by __ at 2020-05-14 00:21 x

≫ 《削除されました》〈

≫ Commented – 39007 by __ at 2020-05-14 22:23 x

≫ 《削除されました》〈

≫ Commented – 42930 by __ at 2020-05-15 19:41 x

≫ 《削除されました》〈

≫ Commented – 48027 by __ at 2020-05-16 06:19 x

〉〉 削除するとは我々をバカにしてるんですか？〈
〉〉Commented – 49301 by __ at 2020-05-17 20:38 x
〉〉 《削除されました》〈
〉〉Commented – 49424 by __ at 2020-05-17 14:06 x
〉〉 ネ ネ ね ネ ネ ネ ね ネ〈
〉〉Commented – 49626 by __ at 2020-05-17 14:11 x
〉〉 通報しましたww〈
〉〉Commented – 50031 by __ at 2020-05-18 21:57 x
〉〉 《削除されました》〈
〉〉Commented – 51904 by __ at 2020-05-19 09:35 x
〉〉 通報しましたww〈
〉 tweet《ーしんじつ君（a-hirakawa）さんがtweet欄 〈
〉〉 のアカウントを削除しました。》 〈
〉〉Commented – 53079 by __ at 2020-05-21 23:54 x
〉〉 《botが削除しました》〈
〉〉Commented – 57202 by __ at 2020-05-22 00:10 x
〉〉 メロンパン美味しそー！〈
〉〉Commented – 57203 by __ at 2020-05-22 00:11 x

〉〉 《botが削除しました》〈
〉〉Commented – 70831 by __ at 2020-06-02 10:26 x
〉〉 ¡文章イイネ!(=゚Д゚)〈
〉〉Commented – 79286 by __ at 2020-06-26 06:42 x
〉〉 (*´з`)募金しました〈
〉〉Commented – 99378 by __ at 2020-07-29 20:08 x
〉〉 (*´з`)募金しました〈
〉〉Commented – 99379 by __ at 2020-07-29 20:09 x
〉〉 ↑ジエン(=゚Д゚)〈
〉〉Commented – 162101 by __ at 2020-09-11 05:37 x
〉〉 《botが削除しました》〈
〉〉Commented – 207323 by __ at 2020-10-04 23:13 x
〉〉 取り敢えず生きよう。削除しても人生は続くよ〈
〉〉Commented – 250166 by __ at 2020-11-21 01:42 x
〉〉 《botが削除しました》〈
〉〉Commented – 329028 by __ at 2020-12-24 00:37 x
〉〉 《botが削除しました》〈
〉〉Commented – 380745 by __ at 2021-01-01 00:11 x

》　　　　地球ツマンネ(=゜Д゜)〈
》Commented – 410531 by ＿ at 2021-03-11 11:52 x
》　　　　《botが削除しました》〈
》
》＊
》

<a href="http://sns.fb.jp/s-t/arcive"> 月別アーカイブ
</a>
<a href="http://sns.fb.jp/s-t/access"> 足跡 </a>
<a href="http://sns.fb.jp/s-t/frend.mail"> 申請 </a>
<a href="http://sns.fb.jp/s-t/frend-list"> 友達一覧
</a>

<a href="http://sns.fb.jp/s-t/link/
Kumamotobungei.jp/">
リンク［詩と眞實850号／「熊本文化」他］</a>
<a href="http://sns.fb.jp/s-t/link/kumamotoband.jp/">
リンク［熊本文学隊］</a>
<a href="http://sns.fb.jp/s-t/link/genndaishi.jp/">
リンク［日本現代詩人会］</a>
<a href="http://sns.fb.jp/s-t/link/shijinclub.jp/">
リンク［日本詩人クラブ］</a>
<a href="http://sns.fb.jp/s-t/link/bungoku.jp/">
リンク［文学極道］</a>
<a href="http://sns.fb.jp/s-t/link/kisyoujyouhou.jp/">
リンク［地震速報／桜島上空の風向き］</a>
<a href="http://sns.fb.jp/s-t/link/COVID-19.jp/">
リンク［コロナCOVID-19速報］</a>
<a href="http://sns.fb.jp/s-t/link/event.jyouhou.jp/">
リンク［中止／延期イベント／再開イベント一覧］</a>
<a href="http://sns.fb.jp/s-t/link/event.jyouhou.jp/">
リンク［配信イベント一覧］</a>
<a href="http://sns.fb.jp/s-t/link/event.jyouhou.jp/">
リンク［配信イベント有料チケット一覧］</a>
<a href="http://sns. fb.jp/s-t/Amazonz/ID=202">
詩集「市内二丁目のアパートで」(\1,500) click 購入／
詩集「202.」(\1,800) click 購入 ［注目　おススメ］

</a>

》

》

<a href="http://sns.fb.jp/sinji-tu/s-t/bottom/ID=202">

しんじつ君日和　Ads by Goooggle　</a>

click　》　@　→　logout

平川綾真智（ひらかわ　あやまち）

一九七九年鹿児島県生まれ

詩集

『市内二丁目のアパートで』（二〇〇二年）

『202.』（二〇〇九年）

h-moll

著　者　平川《ひらかわ》綾真智《あやまち》
発行者　小田久郎
発行所　株式会社思潮社
〒一六二－〇八四二　東京都新宿区市谷砂土原町三－十五
電　話　〇三（五八〇五）七五〇一（営業）
〇三（三二六七）八一四一（編集）
印刷所　創栄図書印刷株式会社
発行日　二〇二一年七月十五日